ÉPOUSE, MÈRE
&
WORKING GIRL

TOME 3

SONIA DAGOTOR

ÉPOUSE, MÈRE
&
WORKING GIRL

TOME 3

<u>Les autres livres de l'autrice :</u>

Épouse, mère et working girl – Tome 1 / juillet 2013
Épouse, mère et working girl – Tome 2 / juin 2015
Un anniversaire au poil ! / juillet 2016
Tout peut arriver ou presque / octobre 2017
Sortez-moi de là ! / juillet 2018
C'est le pompon ! (Noël de Marie de la trilogie *Épouse, mère et working girl* – Nouvelle) / octobre 2018

ISBN : 978-2-9545838-2-2

1.

Ah… que ces montagnes sont belles ! Assise sur le télésiège, je souris bêtement à la simple vue de ce paysage tout blanc, vierge de tout artifice et apaisant. Rester au coin du feu dans notre luxueux chalet m'était devenu insupportable. J'avais besoin de respirer. Malgré les contre-indications médicales et les supplications des membres de ma famille, je ne tenais plus. J'ai insisté pour skier. J'ai pris un forfait pour une seule journée. Depuis mon réveil, le 27 décembre dernier, je suis une nouvelle personne. Ah, pardon, j'ai oublié de me présenter.

Je m'appelle Marie, j'ai trente-cinq ans, bientôt trente-six (punaise que le temps passe vite !), je suis mariée, j'ai deux enfants, j'ai retrouvé un travail mais pas que… et dans ma tête, c'est l'apocalypse.

Depuis mon accident, il y a près de deux mois, plus rien n'est comme avant. Quand vous avez frôlé la mort, vous voyez la vie différemment. J'ai réalisé ce que je savais déjà au fond mais qui n'était plus si évident. Je suis entourée et aimée. J'ai deux bouts de chou adorables et en bonne santé, un mari qui fait tout son possible pour me satisfaire et le soutien de ma famille en cas de pépin. Alors, pouvez-vous m'expliquer pourquoi je ne lâche plus ce maudit téléphone portable en attendant le petit message de… ?

« Bip – Bip ». C'est lui ! C'est Nicolas ou plutôt Nick pour les intimes : mon futur patron.

J'ôte mes gants pour découvrir son message. Mes doigts tremblent et mes paumes deviennent moites.

Vous vous demandez sûrement pourquoi recevoir un SMS de mon patron, pardon, de mon futur patron, me met dans un tel état ? Eh bien, il se trouve que Nick Martin[e] n'est pas juste mon patron. Il était mon amoureux au lycée. Je ne l'avais plus revu depuis près de vingt ans. Il n'y a plus rien entre nous, bien sûr ! Mais depuis mon hospitalisation, Nicolas a pris la fâcheuse (ou charmante) habitude de m'envoyer un petit SMS quotidien, cordial ou amical, je ne sais pas très bien. Cela étant, j'attends toujours son message avec impatience, une trop grande impatience même. Presque chaque jour à la même heure, c'est-à-dire à 11 h 30, le texto arrive. Il a dû se programmer un rappel automatique « envoyer un SMS à Marie » dans la liste de ses choses à faire, sauf les mardi et mercredi car il a visiblement connaissance de l'emploi du temps de Sébastien, mon mari.

Par exemple, aujourd'hui, il m'écrit : *« Bonjour, Marie, j'espère que tu vas bien et que tu profites pleinement de ton séjour en famille. Nous t'attendons à l'agence. Nous avons besoin de toi en pleine forme. À très vite. Nick »*

Je relis le message dix fois. Je l'apprends par cœur comme on apprenait une poésie à l'école et je comprends : *« Bonjour, Princesse. J'espère que tu vas bien et que je ne te manque pas trop parce que, perso, j'ai une envie folle de te voir. Je pense à toi. Ton Nick »*

Je fabule complètement. Je réponds le plus formellement du monde : *« Tout va bien, Nick. Je te remercie pour cette délicate attention. À bientôt. Amicalement. Marie »* Et je supprime la conversation en attendant avec l'impatience qui me caractérise le message du lendemain.

Pour une femme qui n'a jamais trompé son mari, échanger ces SMS, c'est déjà comme un adultère. Cette relation me met mal à l'aise. Sèb n'en est pas informé et je n'ai nullement l'intention de le lui dire. D'abord, je ne fais rien de mal et puis, Nick n'a aucune arrière-pensée en communiquant de la sorte. Il cherche juste à être sympa. C'est tout !

— Attention, Madame !! Madame !!! C'est à vous !! Descendez !!

— Oh… péütéaïène !!!!

Perdue dans mes pensées, j'ai loupé la descente du télésiège. Tout s'arrête et je m'immobilise aussi, me dandinant d'avant en arrière. Ouh là, le papy qui vient vers moi n'a pas l'air très content :

— Hey, ma p'tite dame ! Vous rêviez ou quoi ?

— Euh, je suis désolée… dis-je, sincèrement confuse.

— Désolée ?! Si vous avez envie de dormir, faut rester couchée ! Parce que là, vous bloquez tout le monde !!!

Les autres skieurs commencent à râler.

— Allez, sautez ! dit-il en me tendant la main.

Il est fou ou quoi ? Je risque de bousiller mon genou tout neuf en sautant.

— Quoi ? Mais je ne peux pas sauter ! Vous ne pouvez pas reculer un peu ce truc-là ? dis-je en soulevant doucement la barre de sécurité.

— Non, je ne peux pas reculer ce truc-là, comme vous dites ! Allez, sautez ! Je vous rattrape.

— Vous l'aurez voulu !

Je me penche, me retiens tant que possible, me lâche dans le vide et l'écrase joyeusement de mes soixante kilos, plus une dizaine supplémentaire avec l'équipement.

— Eh ben, je vous croyais plus légère, dit-il en me réceptionnant.

— Bah, ce n'est pas très sympa de dire ça ! dis-je faussement contrariée.

— Hey, je dis encore ce que je veux, tu pourrais être ma fille ! dit-il amusé par la situation.

Les montagnards ont le tutoiement facile.

— Ah… OK. J'imagine que je dois vous remercier ?

— Et bé, si je n'avais pas été là, tu repartais dans l'autre sens, ma petite. Bonjour la honte ! Alors, un petit merci, ce ne serait pas du luxe !

— Merci, Monsieur ! Vous devriez peut-être relancer le télésiège, non ?

Derrière, les autres commencent à pester. Au loin, j'entends des bribes de la fameuse et incontournable chanson : « *Étoile des neiges, pays merveilleux ! Où ceux qui s'aiment vivent à deux…* »

— Oh oui ! dit-il en reprenant un air sérieux. Je vais me faire massacrer ! Soyez prudente et arrêtez de rêver ! Un accident, c'est vite arrivé !

— Vous avez raison ! J'y veillerai ! Merci ! À un de ces jours !

Il ne croit pas si bien dire. Un accident peut si vite arriver. Avant que ce vélo ne me percute, je me croyais invincible. Je m'en suis bien sortie. J'ai eu beaucoup de chance…

Je me lance sur la piste rouge. Quel plaisir de sentir cette brise me fouetter le visage ! Je me sens libre. Tout le monde me dépasse mais ce n'est pas grave. J'effectue un chasse-neige amélioré mais dès que je prends trop de vitesse, je l'accentue pour freiner. J'ai peur d'avoir mal au genou. La douleur a disparu depuis quelques jours seulement.

Au début, Sèb a voulu skier à mes côtés. Et puis, j'étais trop lente à son goût et il était trop rapide au mien. Très vite, nous en avons déduit qu'il valait mieux se séparer. Je suis restée un petit moment avec Lidia et Maman qui chaussaient des skis pour la toute première fois et après quelques fous rires qui m'ont fait tremper la culotte (merci très cher périnée), j'ai décidé de déguerpir ni vu, ni connu. Je les ai lâchement abandonnées sur la piste verte, entremêlées l'une à l'autre, sous les regards amusés de Papa et d'Antoine. Ces derniers préféraient profiter du spectacle en buvant un vin chaud depuis la terrasse tout en surveillant Alex et Stella qui jouaient à se lancer des boules de neige durcie.

2.

Je glisse sans trop réfléchir. Dans mon esprit, les scénarios s'enchaînent. Dans quelques jours, je serai de nouveau opérationnelle pour le travail. De lourdes responsabilités m'attendent. Remplacer Maryse de L'Or, la directrice des ressources humaines de « J'étais elle », est un énorme challenge. D'abord parce que je n'y connais rien en ressources humaines, puis parce que mon patron Nick Martin est un homme parfait, gentil et attentionné et que je ne veux pas le décevoir. Voilà que je recommence à l'idéaliser. Comment se fait-il qu'il soit toujours célibataire à trente-six ans, s'il est si parfait ? Il est peut-être gay ? Non non, sûrement pas ! Il ne m'aurait jamais embrassée comme il l'a fait quand il m'a revue, lors de notre pseudo entretien d'embauche, juste avant que je me fasse percuter par cette fichue bicyclette. Je n'avais plus songé à lui depuis le lycée et voilà qu'il hante mes pensées. Il ignore encore que je me souviens de ce baiser. En fait, j'ai prétendu me souvenir des choses jusqu'à mon arrivée devant la société. Pour tout ce qui s'est passé après, bah… je ne m'en souviens pas, voilà tout ! Vous l'avez compris, la vérité est tout autre. Je me rappelle même m'être vaguement abandonnée avant de saisir que j'étais dans les bras d'un homme autre que Sèb et de partir comme une furie. Ce qui me trouble le plus, c'est d'avoir pu apprécier, ne serait-ce que quelques secondes. Mais que m'arrive-t-il ?

— Hey, attention !!!!

Tiens, qui peut bien crier comme ça ? Et sur qui ?

J'ouvre les yeux. Bien qu'ils ne fussent jamais fermés, j'étais complètement ailleurs. C'est comme conduire une voiture sur un trajet habituel sans se souvenir comment on a pu arriver à destination.

— Madame, Madame !!

Oh purée !!!! Ça recommence ! « BOUM !! »

— Ça va, Madame ?

— Euh... que s'est-il passé ? dis-je en retrouvant mes esprits.

— Bah, vous étiez sur ma trajectoire. J'ai essayé de vous prévenir mais vous ne m'avez pas entendu.

Ils sont deux. Ce sont des surfeurs, enfin sur la neige. Je n'arrive plus à me souvenir comment on les appelle. Ma culture sportive est plutôt limitée. L'adolescent qui s'adresse à moi doit avoir seize ans, tout au plus.

— Vous allez bien ? reprend-il.

— Oui, je crois, dis-je en me relevant.

Je chasse la neige de ma combinaison violette des années quatre-vingt, remets mon bonnet qui s'est envolé lors de la collision et essaie de retrouver une contenance de grande dame, oubliant que trente secondes plus tôt, deux adolescents me trouvaient les quatre fers en l'air.

— On devrait peut-être faire un constat ? dis-je sérieusement.

— Quoi ? Un constat ? C'est quoi, un constat ?

Le gosse panique et je jubile. Je suis une vraie peau de vache quand je veux.

— Mais non, je rigole !!!

— Hum hum, très drôle… dit l'autre jeune, tout pâle, qui n'avait pas ouvert la bouche jusque-là.

— Vous avez un humour bizarre, vous les ieuv'. Allez, viens, on se tire ! dit-il à son copain.

— Oh, je plaisantais. Vous, les djeun's, vous n'avez plus d'humour du tout. Je peux vous offrir un chocolat chaud pour vous remercier et me faire pardonner.

— Non, c'est bon ! Si vous n'avez rien, on s'en va. On n'est pas là pour faire du mamysitting ! dit-il en s'éloignant.

Oh le goujat ! Comment parle-t-il aux femmes celui-là ? Quel manque de respect !

— Bon vent !! dis-je en criant de toutes mes forces.

Mon hurlement est couvert par un hélicoptère qui passe au-dessus de ma tête. Il transporte une civière. Mince, quelqu'un a eu un accident. Cela me donne instantanément la chair de poule. Au même moment, mon portable se met à vibrer. Tiens, c'est sûrement Nick. Insatisfait par ma réponse trop formelle, il récidive. Non, en fait, c'est Sèb. Je décroche, légèrement déçue.

— Oui, mon lapin ?

— Marie, t'es où ?

Quelle question bête ! Je n'ai déjà pas le sens de l'orientation en voiture, alors en skis, je vous laisse imaginer. Bref, j'ignore complètement où je me trouve.

— Je ne sais pas trop… pourquoi ?

— Bon, Maman s'est plfjlezlv fwj grgraossd.

— Quoi ? Je ne comprends rien, y'a un bruit infernal avec cet hélico !

— Bah, justement, l'hélico, c'est ma mèèèèèère ! crie-t-il de plus belle.

— L'hélico, c'est ta mère ?? Mais qu'est-ce que tu racontes, mon lapin ? Tu es sûr que tu vas bien ?

— Purée Marie, t'es bête ou quoi ? Ma mère s'est pété la hanche ! L'hélico la transporte à l'hôpitaaaaaal !

— Ah… OK, OK ! j'ai compris. Merde alors ! Enfin punaise ! C'est si grave ?

L'hélicoptère s'éloigne, me permettant de mieux entendre Sèb. Je lève la main pour saluer la civière, ou plutôt Lidia qui est dedans mais qui, évidemment, ne me voit pas. Elle qui a si peur du vide… La pauvre.

3.

Lorsque j'arrive au chalet, j'ignore quelle est l'ambiance générale. Je déchausse sur la terrasse. C'est quand même super pratique, dommage que je n'en aie pas plus profité. Je pousse lentement la porte d'entrée et là, comme si elle m'attendait, ma mère me bondit dessus :

— Marie ! Oh, Marie… c'est de ma faute !!!!

— Maman, calme-toi… raconte-moi ce qui s'est passé.

Derrière elle, je vois mon père retenir un fou rire. Cela n'échappe pas à ma mère, soudain en colère :

— Oh, Carlo, ça suffit !!! Ce n'est pas drôle du tout ! J'aurais pu la tuer ! Tu te rends compte ? Oh, Marie, Lidia ne voudra certainement plus jamais me voir !

J'étouffe un rire. Sincèrement, Lidia est la personne la plus maladroite que je connaisse. Je doute fort que ma mère y soit pour quelque chose. On se croirait dans une comédie dramatique. Je me contrôle, prends ma mère par les épaules, la traîne vers le canapé, fais un clin d'œil complice à mon père et commence la thérapie.

— Maman, raconte-moi comment tu as failli tuer Lidia ? (que je rigole un peu).

Bon, je ne lui dis évidemment pas cela mais j'imagine la scène et je ris déjà. Tout en essuyant ses larmes invisibles et en reniflant bruyamment, elle me dit :

— Eh ben, on était sur le tire-fesses. Elle était devant moi. On rigolait parce qu'elle me criait « Ça me fait des grosses fesses, hein Anita ? » Et moi, je lui disais « Pas aussi grosses que les miennes, Lidia ! »

— Bon, et alors ?

— Et ensuite… et ensuite, elle est descendue du tire-fesses.

— Et ?

— Bon, arrête de m'interrompre, Marie ! Tu es insupportable !

Je regarde mon père qui ne pipe pas mot face à la mauvaise foi de maman. Elle me parle comme si j'avais six ans. J'ai envie de lui rentrer dedans et pourtant, je m'entends dire :

— Pardon Maman. Je t'en prie, je ne dirai plus un mot avant que tu n'aies fini. Continue !

— C'est bien. Donc, quand elle est descendue du tire-fesses, elle ne s'est pas assez déportée. Et moi, j'étais en train d'essayer de regarder mon derrière et je ne l'ai pas vue et je l'ai écrasée comme une crêpe. Voilà ! et maintenant sa hanche est cassée. Par ma faute ! Voilà !

— …

Gros silence. Mon père nous tourne le dos mais je comprends clairement qu'il rit. Quant à moi, les lèvres serrées et les yeux rieurs, je ne parviens plus à retenir mon fou rire. C'est parti ! Je ris à n'en plus finir, mon père me rejoint dans cette franche partie de rigolade.

— M'enfin… Marie ! Tu n'as pas honte ? Et toi, Carlo ? Il n'y en a pas un pour rattraper l'autre ! dit-elle ébahie par notre complicité soudaine.

Je tente alors de dire quelque chose mais je dois m'y reprendre à plusieurs fois :

— Avoue, Maman, c'est drôle ! Bon, d'accord, Lidia s'est cassé la hanche mais elle n'est pas morte, elle va guérir ! Je dirais même que tu lui as rendu service…

— Comment ça ?

— Bah oui ! Elle avait mal à sa hanche depuis un bail, au moins comme ça, les médecins vont lui en mettre une nouvelle, et puis elle pourra de nouveau cavaler comme une jeune jument.

À cette pensée, ma mère prend un air perplexe. Mon père et moi continuons de rire. La sonnerie de mon téléphone vient interrompre cette joyeuse discussion. Je me lève tout en essayant de retrouver mon souffle. Je soupire en essuyant mes larmes. Je ne connais pas le numéro. Serait-ce Nick ?

— Oui, allô ! dis-je d'une voix suave, genre téléphone rose.

— Madame Corte, bonjour ! C'est Madame Lambert à l'appareil.

Oups ! Madame Lambert est l'heureuse propriétaire d'une demi-douzaine de chalets dans cette charmante station, tous plus beaux les uns que les autres. Elle doit avoir près de quatre-vingts ans mais elle tient à gérer elle-même ses affaires. Lorsque j'ai eu mon accident en décembre dernier, l'avant-veille de notre départ pour le ski, elle avait gentiment accepté de reporter notre séjour en février. Quinze jours s'étaient alors transformés en une semaine mais c'est mieux que de tout perdre et puis, rien ne l'obligeait à nous faire cette charmante proposition.

— Oui, bonjour, Madame Lambert. Comment allez-vous depuis la semaine dernière ?

Son grand âge m'oblige à prendre des nouvelles. Lors de la remise des clés, il y a déjà six jours, elle semblait fatiguée. Cela étant, ne la connaissant pas dans d'autres circonstances, pour une femme de son âge, elle pète la forme. Elle me répond :

— Bien, ma chère. J'ai ouï dire qu'un membre de votre famille avait été transporté à l'hôpital. Ce n'est pas trop grave au moins ?

— Oui, en effet, il s'agit de ma belle-mère, elle s'est cassé la hanche à cause de ma mère...

Ma mère devient blême et mon père recommence à sourire. Je poursuis comme si de rien n'était :

— Oh, un petit accident de tire-fesses. Rien de grave. De toute évidence, elle va être rapatriée à Paris. Mais bon... de toute façon, notre séjour touche à sa fin.

— Oui ! C'est pour cela que je vous appelle. D'ordinaire, je récupère les clés à 10 h afin de permettre à Jeanine de faire le ménage avant l'arrivée de la prochaine famille.

— 10 h. Hum... ça devrait aller, Madame Lambert.

Sèb, mon doux et tendre mari, arrive à cet instant même. Mes deux enfants d'amour, surexcités, le suivent de près avant de se jeter sur moi. Tout le monde se fiche bien que je sois en communication téléphonique. Je fais de grands signes et d'horribles grimaces pour réclamer le silence.

— Je vous prie d'excuser ce raffut, mes enfants viennent de rentrer.

— J'avais deviné. Bon, bien, 10 h demain. Et prompt rétablissement à votre belle-mère. Au revoir !

— …

Elle a déjà raccroché, ne me laissant même pas le temps de lui souhaiter une agréable fin de journée.

Pour ce qui me concerne, le marathon commence. J'enlace rapidement les enfants et entreprends de raconter à Sébastien la façon dont j'ai été percutée par un snowboardeur. Voilà, j'ai retrouvé le terme exact. Mais Sèb est ailleurs. Certainement préoccupé par l'accident de sa maman, je culpabilise désormais d'avoir ri de concert avec mon père au sujet de sa chute. Sèb n'est plus tout à fait le même depuis mon accident. Il faut dire qu'il a cru m'avoir perdue. D'abord, je suis restée dix jours endormie, puis au réveil, j'étais amnésique. Vous imaginez son angoisse ? Heureusement, l'amnésie n'a duré que quelques heures, mais en attendant, il a vécu la peur de sa vie. Déjà qu'il était du genre parano avant, je vous laisse imaginer ce qu'il en est depuis…

— Sèb, ça va ?

— Oui, oui, dit-il, absent.

OK, cela signifie clairement qu'il est dans sa caverne et qu'il faut que j'attende gentiment qu'il décide d'en sortir, le moment venu.

Son téléphone portable se met à sonner. Il nous regarde en murmurant « C'est mon père » :

— Allô, Pa !

— …

— Hum hum…

— …

— OK.

— …

— Hum hum…

Sèb est le pro des « hum, hum ». Nous sommes tous pendus à ses lèvres, qui ne bougent pas.

— Hum, hum. D'accord. Bisous à Maman. À plus tard.

Sèb est aussi le pro du « à plus tard. » Cela peut aussi bien vouloir dire « à dans une heure » ou « à dans une semaine ». D'ailleurs, à chaque fois que je l'entends le dire, je rouspète intérieurement. Je trouve que ce n'est pas bien de faire espérer à quelqu'un qu'on lui donnera des nouvelles « plus tard » alors qu'en réalité, ce « plus tard » peut aisément se transformer en plusieurs jours, voire semaines. M'enfin… On ne le changera pas. C'est comme cela que je l'aime, ce bougre.

Lorsqu'il raccroche, ma mère, mon père et moi disons en même temps : « Alors ? »

— Bon, c'est moins grave que cela semblait. Un médecin lui a remis sa hanche en place. Pour plus de sécurité, ils vont la ramener à Paris en train. Ils partent ce soir. Ils ne repassent pas par ici. Carlo, tu conduiras la voiture de mon père pour rentrer.

Voilà, stop, fin de la retranscription. Ma mère ne s'avoue pas vaincue. En bonne Italienne, il lui en faut plus, bien plus…

— C'est tout ? Ton père n'a dit que ça ?

— Oui, à peu près…

— Bon… Passe-moi le téléphone…

— Écoute, Maman, lui dis-je. Nous l'appellerons demain. Elle doit être fatiguée. Allons rassembler leurs affaires. Et puis, nous devons faire nos bagages aussi. Demain, c'est le départ.

Stella, qui vient d'arriver dans le salon, hurle :

— Nan, je ne veux pas partir !!!!

— Ce n'est pas toi qui décides, ma poupée. Nos vacances sont finies. Alex et toi devez retourner à l'école dans quelques jours.

— A ya kieche, pas école ! me reprend mon fils.

— Oui, mon loulou, à la crèche, dis-je, attendrie par ses mots prononcés « façon bébé ». Allez ! Rangez tous les jouets ! Si tout le monde s'y met, en un rien de temps, la maison sera comme neuve !

En effet, tout le monde se met à l'ouvrage. Maman semble avoir été apaisée par les mots bien que brefs de Sébastien et fait ses bagages. Mon père balaie. C'est son activité favorite. À ce stade, je le soupçonne d'être légèrement toqué. Il semblerait que chaque homme ait sa petite manie. Les enfants se chamaillent et Sèb a disparu. Décidément, il est étrange. J'espère que tout va bien...

4.

Le trajet en voiture est un calvaire. Les enfants sont super agités. Sèb est au bord de l'explosion et moi, je ne sais plus quoi inventer pour les faire patienter.

Ils n'ont quasiment pas dormi de la nuit. Sans doute excité en prévision du retour, Alex s'est réveillé toutes les deux heures, comme un nouveau-né ; quant à Stella, elle, qui d'habitude ne se réveille jamais, a prétendu être dérangée par les pleurs de son frère.

Lors de la remise des clés, ils ont été odieux avec Madame Lambert. Alex lui a donné un coup de pied et Stella lui a tiré la langue quand elle lui a dit qu'elle avait de belles joues. Sébastien n'a pas été témoin de la scène, fort heureusement pour eux car il était allé rapporter le matériel de location à la boutique avec mes parents. Je les ai réprimandés à la façon « mère déprimée » et me suis excusée platement auprès de Madame Lambert qui m'a dit : « Ne vous inquiétez pas, Madame Corte, les enfants sont tous les mêmes. Il faut juste attendre qu'ils grandissent, c'est tout ! »

Pendant un instant, je me suis sentie plus bas que terre. Attendre qu'ils grandissent ! Pourquoi personne ne m'a prévenue ? Je n'ai pas le souvenir d'avoir été si insolente lorsque j'étais petite, ni d'avoir causé la moindre contrariété à mes parents ? Serais-je en train d'échouer ? Je me sens complètement dépassée.

Malgré ma léthargie, j'essaie de rester positive. Après avoir chanté l'alphabet, joué aux jeux des animaux et des fruits (jeux de fabrication maison qui consistent à trouver un nom d'animal ou de fruit en ne donnant que la première lettre en plus d'un indice en cas de grosse difficulté), tenté un « ni oui, ni non » avec Stella, fait mine de répondre aux fausses questions d'Alex dont on comprend un mot sur deux avec la meilleure volonté du monde, la seule solution que j'ai trouvée est de simuler un brusque endormissement. J'ai fait semblant de ronfler pour que cela paraisse encore plus vrai. Sébastien, excédé lui aussi, leur a demandé de se calmer car « Maman est fatiguée. Elle doit bientôt reprendre le travail, ce serait bien qu'elle se repose… » Bizarrement, il a obtenu un silence d'or et malgré mes yeux clos, une larme a roulé à travers mes paupières. Je ne l'ai pas essuyée. Je l'ai laissée couler jusqu'à mes lèvres pour en sentir le goût salé. Bercée par la musique *deep house*, j'ai fini par plonger dans un sommeil agité.

Dans mon rêve, j'échappe à une avalanche, j'entends tantôt des cris d'enfants, tantôt des rires. Tout à coup, on est à table et on mange une raclette en famille. Les scénarios se multiplient. Sans savoir d'où il sort, Nicolas se jette sur Sébastien qui se jette sur moi. Madame Lambert est en tenue d'avocate et Lidia jure de sa main droite avant de déclarer : « Marie est une mauvaise mère ! » C'est le réveil assuré en sursaut.

— Ça va ? me demande Sébastien, surpris.

— Oui, oui, j'ai fait un mauvais rêve.

— On s'en est douté…

— Ah bon…

— Maman, c'est qui, Nick ? questionne Stella.

Je me retourne et constate avec soulagement qu'Alex dort à poings fermés. Eh oui, cela lui arrive parfois. Au moins, il n'a pas été témoin de mon baragouinage ensommeillé. Qu'ai-je dit au juste ? Oh là là, une bouffée de chaleur m'envahit soudainement…

— J'ai parlé pendant mon sommeil, ma poupée ?

— Bah oui !

Je tente une œillade vers Sébastien qui fixe la route le regard dans le vide.

— Bah tu disais « Non, Nick ! Non, Sèb ! ne faites pas ça… »

— Ah… Bah, je ne m'en souviens pas… J'ai sans doute rêvé… Ce n'est rien ma puce.

— Nick est ton futur patron, c'est ça ? me demande Sèb sur un ton inquisiteur. Tu me caches quelque chose, Marie ? me dit-il tout bas, tout en augmentant le volume sonore de la musique afin que Stella n'entende pas nos échanges.

— Bah oui, dis-je. C'est mon futur patron mais je ne te cache rien. La reprise doit m'angoisser, c'est tout. Je ne vois que ça. Je ne me souviens même pas de mon rêve ou plutôt de mon cauchemar.

— Mouais, dit-il, dubitatif.

Voilà, c'est le mot de la fin. Cette fois-ci, j'éponge une gouttelette de sueur sur ma tempe droite. C'était peut-être l'occasion rêvée de lui glisser tout simplement que Nick est une connaissance du passé. Pourquoi n'ai-je pas le courage de le lui dire ?

— Est-ce que tu veux que je conduise ? lui dis-je pour me sortir de cette situation délicate. Maintenant que j'ai dormi un peu, tu peux peut-être en profiter pour te reposer. Chacun son tour !

Sèb et moi sommes de piètres conducteurs. Au bout de quelques kilomètres seulement, la somnolence nous guette. Des siestes flash s'imposent régulièrement. C'est ainsi que pour aller en Bretagne par exemple, il nous faut prévoir cinquante pour cent de temps de trajet supplémentaire. Il ne réfléchit pas longtemps :

— Oui, bonne idée ! Je suis crevé. Je vais m'arrêter à la prochaine aire d'autoroute. Elle se trouve à six kilomètres. Stella, tu en profiteras pour aller aux toilettes, OK ?

— Mais j'ai pas envie, là !

— Peut-être mais tu iras quand même !

— Bon, d'accord... dit-elle, résignée.

On ne discute pas face à l'autorité « du paternel », si vous voyez ce que je veux dire...

5.

La nuit est tombée depuis bien longtemps lorsque nous rentrons enfin chez nous. Nous sommes au mois de février et la nuit tombe vite certes… mais alors que nous étions à six heures seulement de la région parisienne, nous avons mis plus de temps pour faire trente kilomètres que pour en faire deux cents. L'approche de Paris était un enfer. *Bison futé* l'avait pourtant annoncé mais avec les siestes flash à répétition, nous sommes tombés dans les énormes bouchons prédits. C'est le week-end des retours pour les vacanciers de la zone C et des chassés-croisés avec la zone A. Bref, c'était une vraie pagaille sur la route. Enfin chez nous !

Je tourne la clé dans la serrure. Quand j'entrouve la porte, le pensionnaire prisonnier vient immédiatement à notre rencontre : Rocky. Il ronronne si fort qu'on l'entend à des centimètres à la ronde. Les enfants lui bondissent dessus et je sens mes poils se hérisser. Je suis allergique à mon chat. Que voulez-vous ? C'est comme ça ! Son poil allergène empoisonne mon existence dans ces murs. À peine rentrée et je cours déjà vers le paquet de Kleenex toujours à disposition sur le plan de travail de la cuisine. J'adore mon matou mais je n'y touche plus. Comme je suis devenue asthmatique par sa faute, à vingt-cinq ans, nous cohabitons seulement. Pour les câlins, cela fait belle lurette qu'il ne s'adresse plus à moi ou bien, c'est rapide, du revers de la main, que je m'empresse de laver le plus rapidement possible. Pour les caresses, il a compris qu'il valait mieux s'adresser au chef de famille, son père (Sèb bien sûr). Et si jamais il persiste à venir vers moi, en se couchant à mes côtés à mon insu par exemple, je me réveille les yeux rouges, boursouflés et qui démangent. Imaginez un peu le topo du matin : cheveux hirsutes, yeux gonflés, haleine moisie, incrustations de traces de drap sur la joue, hum… je donne envie, c'est certain ! Alors si Rocky peut s'abstenir, cela m'arrange. Ce sera toujours ça de moins !

Mon beau-frère Thomas est venu le nourrir les jours ouvrés. Fort heureusement pour nous, Thomas est caméraman chez TF1. Chaque jour, il a sacrifié sa pause déjeuner pour venir saluer Rocky dans l'appartement déserté.

Je constate avec plaisir que son bidon est tout dodu, signe d'un appétit certain. Ouf ! Au moins, il n'est pas mort pendant notre absence. Sèb et les enfants ne s'en seraient jamais remis.

Il y a quelques mois, Rocky a fait une crise cardiaque sans précédent. Il s'en est sorti grâce à la réactivité de Sébastien mais son espérance de vie est désormais raccourcie. Âgé de dix ans, il y a peu de chances qu'il vive très vieux. Enfin, assez parlé du chat ! Tout ce que je vois, moi, à cet instant précis, ce sont ses poils sur le drap jeté sur le canapé avant de partir. J'en fais une boule, retiens la goutte qui me pend au nez et jette le drap directement à la poubelle.

Alors que Sébastien s'installe devant la télé, j'entreprends de mettre une machine en route. Il ose me dire :

— Viens te poser un peu !

— Pardon ? Non, je n'ai pas trop le temps, là…

— Oh, Marie, on s'en fiche, on le fera plus tard.

— Plus tard, quand ??? Je préfère le faire maintenant, dis-je, un brin agacée.

Les enfants se sont précipités dans leur chambre. J'entends les jouets qui reprennent leur place habituelle, c'est-à-dire en dehors de leurs coffres. Ils se fracassent sur le sol. En entendant leur atterrissage forcé, je hurle :

— Hey !!!! Doucement là-haut !!

— Bon, Marie, viens t'asseoir s'il te plaît ! détends-toi deux minutes !

— Non, je n'ai pas le temps, qui va faire le repas, hein ?

— Tu veux qu'on aille manger dehors ?

— Non, hors de question, je te rappelle qu'en termes de calories, on a dû engloutir deux tomes de fromage à raclette, sans compter les crêpes et les gaufres réalisées quotidiennement par nos mères respectives pendant cette semaine soi-disant sportive pendant laquelle je n'ai pu skier que quelques heures ! Alors, c'était une chouette suggestion mais ce soir, on va plutôt manger des légumes, si tu n'y vois pas d'inconvénient… chéri ? dis-je ironique.

— Hum… dit-il avant de se replonger dans son téléphone portable pour surfer sur le net, visiblement ravi de retrouver sa connexion Internet.

— Par contre, sans vouloir te commander, tu pourrais peut-être leur donner le bain ? dis-je sans trop y croire.

— Oh… franchement, ils ne sont pas sales. Ils ont passé la journée dans la voiture. Ils n'ont ni couru, ni transpiré, ce n'est pas si grave si pour un soir, on ne les lave pas…

— Ben voyons ! dis-je dans ma barbe de plus en plus agacée.

— Hein ? Tu dis ?

— Non, non, rien. Tu as raison ! Allez, ce soir, pas de bain. Et puis, pendant qu'on y est, on les autorise à ne pas se laver les dents, hein ? Qu'en dis-tu ?

En bon partisan du moindre effort, Sèb lève un sourcil. Il a saisi mon ironie. D'accord, il a conduit ! OK, il est fatigué, OK, il est contrarié car sa maman est à l'hôpital mais tout de même, moi aussi, je suis épuisée ! Tout bien réfléchi, je m'assois à ses côtés, enfin à une distance qui montre clairement que je suis fâchée. Je m'attends à ce qu'il me dise « Ah enfin, tu te poses un peu ! », au lieu de cela, j'entends :

— Bah, tu ne fais pas à manger ?

— Nan, j'ai décidé de faire grève !

— Oh, Marie, t'es exaspérante…

Il se lève. Je le regarde, attendrie, en pensant qu'il va nous cuisiner quelque chose. J'ignore quoi, j'ai rarement vu Sèb aux fourneaux. À vrai dire, je crois qu'il n'a même jamais rien cuisiné depuis que nous vivons ensemble. D'un pas décidé, il se dirige dans la cuisine, saisit une publicité sur la pile de courrier, compose un numéro et annonce : « Bonsoir, c'est pour une commande… Oui, à livrer à domicile… Alors, une Régina, une Marguerite et une Quatre-Saisons avec un supplément d'artichauts et sans poivrons, s'il vous plaît… » dit-il en m'adressant un clin d'œil. C'est ma préférée. Ensuite, il donne notre adresse, confirme les informations et raccroche. Il revient s'asseoir, plus près de moi, m'entoure de son bras et me regarde intensément en me disant avec une voix grave, digne d'une publicité « Alors ? Heureuse ? »

adresse, confirme les informations et raccroche. Il revient s'asseoir, plus près de moi, m'entoure de son bras et me regarde intensément en me disant avec une voix grave, digne d'une publicité « Alors ? Heureuse ? »

6.

C'est le jour de la grande reprise. Je suis hyper angoissée. Je ne suis absolument pas prête, ni physiquement, ni psychologiquement.

Physiquement, je me trouve obèse. J'ai pris cinq kilos en deux mois. Mon genou est resté dans le plâtre pendant trois semaines, période pendant laquelle Lidia s'est quasiment installée chez nous. Comment vouliez-vous que je mincisse ? Chaque jour, elle nous a concocté des petits plats succulents. Sèb aussi a grossi et les enfants sont plus dodus qu'ils ne l'ont jamais été. C'est dire ! Ils sont bien au-dessus de la courbe et ce, depuis leur naissance.

Lorsqu'on m'a enlevé mon plâtre, il a fallu que je lui explique gentiment, sans la froisser, que j'étais de nouveau capable de m'occuper de ma famille et que sa présence à demeure n'était plus nécessaire. Du coup, avant de partir, elle m'a laissé une demi-douzaine de pots de sauce tomate maison ainsi que des pâtes fraîches et des boulettes de viande dans le congélateur. Par facilité, j'ai donc continué à nous faire des pâtes presque quotidiennement, au grand désarroi de Carine, ma copine coach qui parvenait à reconnaître les mets préparés grâce à son odorat très affûté :

— Salut ! ça va ? disait-elle en arrivant dans l'appart quand elle venait pour le thé.

— Oui et toi ? lui disais-je en lui claquant la bise.

— J'ai l'impression que vous avez encore mangé des pâtes, je me trompe ?

— Bah…

— Ce n'est pas la peine de mentir, va ! Je le sens. Je le sais. Ça sent la sauce de ta belle-mère. Tu sais que ce n'est pas très bon pour ton alimentation.

— Euh, oui, je m'en doute mais promis, ce soir, on mange de la soupe.

Que nenni. En réalité, je n'étais même pas capable de dire quand j'avais mangé des légumes pour la dernière fois. Je comptais sur la cantine de l'école et de la crèche pour en faire manger aux enfants. Mère indigne !

Bref. Si physiquement, je ne me sens pas au mieux de ma forme, psychologiquement, ce n'est guère mieux. Je me sens très fragile. Ma confiance m'a désertée. Je ne connais rien aux ressources humaines et avec le recul, je trouve Nicolas complètement inconscient de m'avoir offert cette chance. Il va très vite se rendre compte que je suis une menteuse. Sèb découvrira que mon patron est un ex qui souhaitait tout simplement me reconquérir. Maryse de L'Or sera la retraitée la plus malheureuse de la planète car son dernier recrutement pour la remplacer sera un fiasco complet. J'aurai trahi leur confiance. Victimes d'une imposture, les salariés démissionneront et l'entreprise fera faillite. J'aurai tout perdu et je serai l'unique fautive !

Il me restait donc une semaine pour trouver une nounou qui puisse récupérer les enfants après l'école et la crèche, une semaine pour perdre cinq kilos et une semaine pour tout apprendre des ressources humaines.

Vous imaginez bien mon stress grandissant et les conseils avisés de Carine n'ont pas réussi à me remonter le moral :

Règle n°1 : « Tu dois avoir confiance en toi ! »

Oui ben là, je me sens « carpette », la confiance s'est fait la malle. Où pourrais-je m'en procurer une dans les plus brefs délais ?

Règle n°2 : « Donne l'air de savoir de quoi tu parles (même si tu ne le sais pas !) »

Hum hum... En gros, je dois mentir ! Je le fais assez bien souvent ces derniers temps et cela commence à me causer de sérieux déséquilibres mentaux.

Règle n°3 : « À chaque nouvelle mission, essaie de gagner du temps pour les résoudre en bonne et due forme. »

Pour aller chercher les réponses sur le net. Qui ? Où ? Comment ? Je n'y arriverai jamais. Je panique.

Règle n°4 : « Ris le plus souvent possible toute gorge déployée ! Cela impressionne et tu te mets les gens dans la poche. »

J'ai tout sauf envie de rire. Je ne capte jamais les blagues quand il le faut et en plus, mes canines sont jaunes...

Règle n°5 : « Sois naturelle ! »

C'est à peu près la seule chose que je sache faire. Je suis un boulet inné, on ne peut plus naturel ! Tu parles d'une qualité !

Règle n°6 : « Ne parle pas pour ne rien dire et si possible, réfléchis avant de parler. »

Bah oui, évidemment sauf que je ne me maîtrise pas toujours.

Je vous le disais, « psychologiquement instable ». Le fait que je parle à mon reflet dans le miroir confirme cette théorie. Je lance à mon reflet : « T'es la meilleure, Marie ! Ça va le faire ! T'es la meilleure ! »

À cet instant, Sèb, en Dieu grec, c'est-à-dire dans son plus simple appareil, entre dans la salle de bains :

— À qui tu parles ? dit-il en connaissant déjà la réponse.

— À personne, enfin ! À qui veux-tu que je cause ?

— Ah ah… « T'es la meilleure Marie !! T'es la meilleure ! » J'ai tout entendu, ça fait un moment que j'écoute derrière la porte. Allez, ça va bien se passer, j'en suis sûr !

— Je l'espère. Je mise tout sur ce job. En attendant, je dois partir et toi, tu dois t'occuper des enfants. Tu sembles l'avoir oublié. Je ne pourrai plus t'aider le matin, alors dorénavant, quand je te dis de te lever, tu te lèves ! OK ?

— Voilà !!! Une vraie patronne !!! Si tu es aussi directive au travail qu'à la maison, tu ne devrais pas te faire de soucis !

— Ah ! Ah ! dis-je très ironique en lui collant un bisou sur l'épaule avant de quitter la pièce.

Je me dirige vers la chambre d'Alex dont la lumière est allumée. Il m'a sûrement entendue.

— Bonjour, mon loulou ! Tu as bien dormi ?

— Oui ! C'est toi qui m'amènes à la kièche ?

Alex a des obsessions. Chaque matin, au réveil, il me pose les mêmes questions, à savoir « Qui c'est qui vient m'emmener et qui c'est qui vient me chercher ? » Et pourtant, notre organisation est la même depuis des mois sauf les quelques semaines où Mamie a pris le relais, évidemment. Alors je m'arme de patience pour lui expliquer la nouvelle donne.

— Non, ce n'est pas moi qui t'emmène ce matin, mon petit cœur. C'est Papa qui va t'accompagner. Maman doit aller travailler, tu sais. J'ai trouvé un nouveau travail et aujourd'hui, c'est mon premier jour. Je ne vais plus pouvoir venir avec toi le matin. Et le soir...

Comment lui annoncer qu'*a priori*, le soir non plus, je ne pourrai plus le récupérer à 17 h 30 ? Je continue :

— Le soir... en fait... je vais essayer de venir mais tu vas rester jusqu'à la fermeture de la crèche, mon loulou. Et dans quelques jours, on va trouver une dame qui viendra te chercher plus tôt. Tu comprends ?

— Et Steya ?

— Ce sera pareil pour Stella. Bon, mon loulou, je n'ai pas trop le temps de tout t'expliquer maintenant, Maman doit partir. Je vais être en retard sinon.

— Nan, veux pas ! dit-il de plus en plus grognon.

— Sèb ?? Tu veux bien venir, s'il te plaît ?

— Quoi ?

— C'est le moment de prendre le relais, dis-je. Bon courage ! Je vais faire un bisou à Stella et je file.

— OK, OK...

Malgré les pleurnicheries de son frère, Stella dort comme une marmotte. Le pouce dans la bouche, elle n'a pas bougé d'un centimètre depuis le dernier bisou que je lui ai fait en pleine nuit alors que je ne trouvais plus le sommeil. Je lui pose un ultime bisou sur le front en chuchotant un « Je t'aime, ma princesse ». Sans ouvrir les yeux, la bouche pleine de son pouce, elle me répond

« Moi aussi Maman, je t'aime, bon courage pour ta journée. » Oh, ma puce ! Elle est déjà si compréhensive. Je profite de sa semi-somnolence pour lui rappeler que Carine la récupèrera après la classe.

Le brief à domicile est terminé. J'espère que tout ira bien.

7.

Au pied de l'immeuble, je croise le voisin que nous avions surnommé « Poil à gratter » lors de notre toute première assemblée générale. Même s'il posa de nombreuses questions ce soir-là, il ne méritait pas un tel statut. Au fil des rencontres, ce monsieur s'est révélé plutôt sympathique, poli et souriant. J'irais même jusqu'à dire que c'est l'un de mes voisins préférés dans l'immeuble. Je me rends compte que je ne connais pas son nom. Soit je ne l'ai jamais su, soit ma mémoire flanche. Alzheimer… Je sais juste qu'il habite au premier étage avec son épouse et que leur yorkshire se prénomme Nikos.

Nikos, Nicolas, Nick, tout m'oblige à penser à lui. Jusque-là, je n'y avais pas prêté attention. J'imaginais simplement que le présentateur télé avait dû les inspirer au moment de choisir le nom du chien. Cela dit, un peu comme le présentateur, ce petit chien a de la répartie. Il aboie tout le temps. Ceci explique sans doute cela. Il me dit :

— Bonjour, Madame !

— Bonjour, Monsieur !

À chaque fois que je le vois, je suis tentée de lui dire « Bonjour, Poil à gratter ! » mais je me retiens. Peut-être qu'un jour, lorsque nous nous connaîtrons mieux, j'oserai lui raconter cette anecdote. Il ne s'arrête pas là.

— Vous avez l'air pressée ce matin ! me dit-il tout en tiraillant son chien qui s'apprête à faire ses besoins sur une bicyclette accrochée à un portique prévu à cet effet.

— Oui, oui ! je file !

— Alors bonne journée à vous !

Sans trop savoir pourquoi, il faut croire que je n'applique déjà pas la règle n°6 (réfléchir avant de parler) ou plutôt que j'applique à la perfection la n°5, à savoir être naturelle, bref, je lui crie :

— Dites-moi « merde » !

Il semble légèrement offusqué mais retrouve son sourire paternel avant de me dire :

— Dans ce cas, je préfère vous dire « bonne chance » !

— Merci, Monsieur P... (c'était moins une) ! Bonne journée à vous aussi. Au revoir, Nikos ! dis-je à l'attention du chien comme s'il avait pu me répondre.

Je trottine vers le métro, ravie de ne ressentir aucune douleur. Mes vingt séances de kiné à domicile ont été bénéfiques. Tout est rentré dans l'ordre, semble-t-il.

En voyant un taxi, j'ai immédiatement une pensée pour Monsieur Chen que je n'ai pas revu depuis plusieurs mois.

Christian Linh Chen est chauffeur de taxi. Un jour, alors qu'il me reconduisait chez moi après mon premier entretien chez « J'étais elle Consulting », sans trop savoir pourquoi, je lui ai raconté ma vie. Le lendemain même, j'avais fait appel à ses services pour qu'il nous conduise, mes copines et moi, dans un restaurant festif dans le quartier du Marais. Nous étions sept dans sa voiture, une berline allemande du siècle dernier avec une moumoute léopard sur les sièges et le volant. Bref... À Noël, il me laissa un gentil message sur ma boîte vocale mais je ne lui répondis que bien plus tard à cause de mon sommeil prolongé.

Il ignore que c'est mon premier jour de travail. Quand nous nous sommes rencontrés, j'étais en recherche d'emploi et je lui expliquais les difficultés des femmes à concilier leur vie perso à leur vie pro. Lui étant de culture asiatique, nous avions échangé nos opinions sur le sujet. Nous nous sommes immédiatement bien entendus.

Tout en marchant, je décide de lui envoyer un SMS : *« Bonjour, Monsieur Chen, c'est mon premier jour à Neuilly. Vous souvenez-vous de votre première course à 6 € ? ;-) J'ai été embauchée ! Peut-être vous verrai-je dans le quartier ? Bonne journée à vous ! À bientôt ! »*

Dans le métro, nous sommes serrés comme des sardines. J'avais oublié la joie des transports en commun. J'ignore si c'est la solution la plus rapide. De toute évidence, les autres options ne sont pas envisageables. En voiture, ce serait l'enfer. Le périphérique parisien est complètement saturé à moins que... Et si je m'achetais un scooter ? Inutile d'y penser, je ne vois même pas pourquoi cela me traverse l'esprit, Sèb ne voudra jamais !

Debout contre une barre où de nombreuses mains sont cramponnées, j'essaie de ne pas perdre l'équilibre. Cela semble peu probable vu comme nous sommes compressés les uns contre les autres. Je commence à avoir chaud.

J'entends plusieurs « bip-bip ». Nous devons capter dans cette rame. Broyée par d'autres voyageurs, j'accède difficilement à mon sac à main dans lequel je parviens à récupérer à tâtons mon téléphone portable.

Tiens, j'ai reçu quatre SMS : Un de Sébastien qui me dit *« C OK pour les enfants. Merde pour ta journée. Bisou »* ; un de Monsieur Chen qui répond au mien envoyé un peu plus tôt *« Un jour, je m'arrêterai boire un café en face de l'immeuble. À bientôt ! CLC »* ; un de Carine qui me rappelle de faire bon usage de ses règles et qui me souhaite bonne chance et enfin, celui de mon futur patron : *« Chère directrice des ressources humaines, pour ton premier jour, nous t'attendons de pied ferme avec café et croissants, j'espère que tu n'as pas petit-déjeuné ? À tout de suite ! Nick »*

« Popom, popom, popom, popom… »

Ce sont les battements de mon cœur qui se sont accélérés à la lecture du message. J'ai dû pâlir, une dame me demande :

— Vous vous sentez bien ?

— Euh… oui.

— Vous êtes enceinte, c'est ça ?

— Euh… non, non…

— Ah bon ? Vous êtes sûre ? Pardon ! J'ai cru… dit-elle en se penchant comme elle peut pour admirer de plus près mon ventre. Elle ne sait plus où se mettre lorsqu'elle constate que non, je ne suis pas enceinte, que je suis juste un tout petit peu enrobée au niveau de la ceinture abdominale. Évidemment, tout le monde profite du spectacle. Certains esquissent des sourires. Je ne sais pas qui est la plus gênée, elle ou moi ? J'essaie de la rassurer avec un petit sourire forcé :

— Et non, je ne suis pas enceinte. J'ai juste un peu chaud, dis-je en déboutonnant le col de mon manteau pour mieux respirer. Je descends à la prochaine. Je vous remercie en tout cas. C'était sympa de votre part.

— De rien... dit-elle en rougissant. Bonne journée !

Ouf. Les portes du métro s'ouvrent sur ma destination. Je n'aurai plus à supporter les regards inquisiteurs des voyageurs qui s'imaginent que je suis assez folle pour retomber enceinte. Deux enfants, c'est déjà bien assez de travail, alors merci, la boutique est fermée.

Cinquante-cinq minutes se sont écoulées. Plus que dix minutes à pied et je suis arrivée, enfin ! Mais le plus dur reste à venir, je le crains.

8

Je reconnais l'environnement comme si c'était hier. L'endroit où Monsieur Chen me déposa la toute première fois. Le café où je vis un homme dont le visage me sembla familier. Il m'observa un bon moment puis lorsque j'entrepris de lui adresser la parole, il avait disparu. Avec le recul, c'était peut-être bien Nicolas Martin. Nick ou Nicolas ? Martin ou Martine ? Je ne sais plus comment parler de lui, ni ce qu'il est devenu vraiment, ni ce qu'il attend de moi exactement. J'espère que je saurai très vite répondre à ces questions car je me triture sérieusement les méninges et ce n'est pas bon pour ma productivité.

Bref, je reconnais le café de la première fois, l'immeuble où se trouve « J'étais Elle Consulting », un bâtiment en façade moderne et froid, qui masque une bâtisse restaurée au fond d'une jolie cour pavée, une fois que l'on a passé sa porte cochère. C'est ici même, devant cette porte, que le cycliste m'a renversée. À vrai dire, je ne l'ai pas vu, ni jamais entendu. J'avais les yeux brouillés lorsqu'il m'a percutée et le choc a été si violent que j'ai perdu instantanément connaissance. Il pensait m'avoir tuée, a pris peur et s'est fait la malle joliment, laissant son vélo hors d'usage gisant sur le sol. Les témoins ont donné quelques indications à la police mais on ne l'a jamais retrouvé. Nick est monté dans le camion de pompier en prétendant qu'il était mon frère. Compte tenu de nos physiques radicalement différents, je ne sais même pas comment les sapeurs-pompiers ont pu croire une chose pareille. Il a les cheveux noirs, les miens sont plutôt châtains. Il a les yeux d'un vert émeraude, les miens sont bleus. Il est très grand, je suis plutôt petite. Il est tout fin et musclé alors que je suis… Je suis… Juste parfaite quand j'ai cinq kilos en moins ! Bon, c'est difficile de comparer un garçon à une fille et j'imagine, compte tenu de l'urgence, qu'ils n'avaient pas de temps à perdre pour s'attarder sur ces petits détails familiaux. Il connaissait mon prénom, mon adresse et mon numéro de téléphone par cœur, preuve qu'un lien, quel qu'il soit, nous unissait réellement.

Devant cet interphone, j'appréhende tout à coup. Et si je faisais demi-tour ? Après tout, je n'étais pas si mal à la maison, hormis lorsque j'étais immobilisée à cause de ma jambe dans le plâtre. J'ai adoré m'occuper de mes enfants ces derniers mois. « Menteuse ! » crie le petit diablotin qui refait son apparition sur mon épaule gauche. Comment ai-je pu accepter ce poste de directrice des ressources humaines ? Je n'y connais rien. Je vais être la risée de toute l'entreprise. « Mais non, ma petite Marie, tu seras merveilleuse à ce poste, c'était ton rêve ! » Te revoilà toi aussi, petit ange ? Déjà que je n'y arrive pas seule alors si vous m'embrouillez davantage ! L'ange et le démon ne s'étaient plus montrés depuis un petit moment et cela m'arrangeait bien.

Au bout de quelques minutes, l'index suspendu en l'air à deux centimètres de la touche correspondant à l'accueil de « J'étais Elle », j'entends une voix lointaine :

— Coucou Marie ! Hey oh ?? Ça va ?

— Ah… Madame de L'Or ! Bonjour !

Maryse de L'Or est la personne que je suis censée remplacer. Elle prend sa retraite dans quelques semaines. Maryse est le sosie de Sharon Stone, la chirurgie en moins. C'est une femme délicieuse qu'on voudrait tous avoir pour marraine. Elle me dit :

— Bonjour ! Mais que fais-tu plantée là ? Pourquoi tu ne sonnes pas ? dit-elle en déverrouillant la lourde porte avec son badge. Allez, entre !

— Oui, oui, bien sûr.

— Alors, comment vas-tu ?

— Ça va…

— C'est tout. Tu n'es pas très bavarde… Ce n'est pas ton style. Tu es sûre que tu vas bien ?

En fait, je préfère limiter mon débit de paroles au cas où. Dans ma tête, les règles défilent : « Ne pas trop en dire, pas trop vite !! Naturelle ! Rire ! » Ah oui, rire à gorge déployée. Je vais faire ça…

— AHHHH AHHH AHHH !

— Marie Corte, il me semble que vous avez un souci ce matin ! Êtes-vous certaine d'être apte à reprendre le travail ?

Tiens, voilà qu'elle me vouvoie maintenant. Oups ! Pourquoi ai-je ri ? Que je suis sotte !

— Non, non, tout va bien, Maryse. C'est une technique pour s'échauffer la voix. Pardon. Excusez-moi, j'essayais de me concentrer. Vous comprenez, c'est ici que…

— ... le vélo t'a percutée. Oui ! Pardon ! C'est moi qui m'excuse, Marie. Je comprends que ce ne soit pas évident de revenir sur les lieux du crime, euh de l'accident, je voulais dire.

Crime ? Accident ? Nick lui aurait-il parlé du baiser ? Ils sont amis de longue date. Oh mon Dieu ! Dans quel pétrin me suis-je fourrée ?

— Allez, Marie ! Ne parlons plus de ce fichu vélo. Regarde ! Tout va bien et aujourd'hui, une nouvelle vie commence. Nous disposons de quinze jours pour que tu sois parfaite en directrice des ressources humaines, dit-elle enjouée.

— Comment ça, quinze jours ? La passation devait durer plusieurs mois ! dis-je, affolée.

— Non, quinze jours et pas un de plus. Entre-temps j'ai refait tous mes calculs et il se trouve que j'avais de nombreux jours dans le CET.

— CET ?

— Compte épargne temps ! Il va falloir t'y mettre, ma biche.

— Oui, bien sûr ! Compte épargne temps ! Je connaissais, évidemment ! dis-je avec le diablotin qui crie « Menteuse ! » dans mon oreille.

— Tu n'en avais pas dans ton ancien emploi ?

— Si si, plein ! dis-je en improvisant. Je bossais tellement, je ne prenais jamais de jours de congé. Donc mon CET doit exploser même, à l'heure qu'il est !!

Carine va me tuer ! Je me promets de ne jamais lui relater cette conversation, ni à Sèb d'ailleurs.

— Hum Hum... dit-elle dubitative. Allez, entre ! Nous sommes attendues.

Dans la cour de l'immeuble, rien n'a changé. Les petites tables de jardin multicolores sont toujours là, les fumeurs matinaux aussi. Ils nous sourient, Maryse les salue d'un signe de tête très gracieux avant de présenter à nouveau son badge pour accéder dans l'immeuble.

La porte vitrée de mon futur travail s'ouvre, je suis Ali Baba devant la caverne aux merveilles. Mon cœur bat vite : « popom, popom, popom… »

9.

L'hôtesse (la même qu'il y a trois mois) nous accueille avec un large sourire :

— Bonjour, Maryse. Madame Corte, soyez la bienvenue ! Si vous avez besoin de quoi que ce soit, n'hésitez pas !

— Merci beaucoup, vous êtes gentille. Votre prénom, c'est... ?

— Léa !

— Très bien, Léa. J'espère que je vais m'en souvenir. Vous savez, Alzheimer, ça commence tôt ! Plus tôt qu'on ne le pense ! Vous m'appellerez Marie, ce sera plus simple. Pas de « Madame », juste Marie, s'il vous plaît. OK ?

Elle me regarde avec des yeux de merlan frit, certainement bluffée par une telle confidence (Alzheimer) dès le premier jour.

— Très bien, Madame... Euh, Marie, j'essaierai. Ils... ils vous attendent tous... dans la salle de réunion, dit-elle visiblement intimidée.

Punaise, le petit déjeuner ! Je l'avais oublié ! Avant de nous engouffrer dans l'ascenseur, je lui lance :

— Léa, venez donc nous rejoindre si vous avez deux minutes.

— Bien, Madame. Euh, Marie, pardon. Merci !

— Oui, bonne idée ! ajoute Maryse, tout sourire.

Nous montons dans l'ascenseur et j'ose à peine jeter un petit coup d'œil dans le miroir pour m'inspecter. Maryse, elle, sort son rouge à lèvres *Chanel* beige naturel et s'en remet une couche. Inutile de préciser qu'elle n'en avait aucunement besoin puisque ses lèvres étaient déjà parfaitement colorées. Dans l'air flottent de bonnes odeurs. Parmi ces parfums qui s'emmêlent, j'en reconnais un qui m'est familier : *Kouros*. Nicolas ne doit pas être loin.

Nous sortons de l'ascenseur. L'open space est vide. J'entends des rires un peu plus loin. Maryse me propose de déposer nos manteaux avant de les rejoindre. Je suis surprise qu'ils soient déjà présents, un lundi matin, de si bonne heure. Il n'est même pas 9 h. Je sors mon petit bloc-notes sur lequel j'inscris :

Hôtesse d'accueil -> Léa

Personnel arrive tôt -> 9 h

— Pourquoi arrivent-ils si tôt ? dis-je à Maryse.

— Ils arrivent plus tard d'habitude mais ce matin, Nick nous a demandé d'arriver plus tôt pour pouvoir t'accueillir comme il se doit.

Super. Je les fais venir plus tôt un lundi matin. Ils vont déjà me détester.

— Ah oui ? Et vous faites ça régulièrement ?

— Oui, assez. Dès qu'une occasion se présente : pro ou perso. Par exemple, l'obtention d'un nouveau contrat, la parution d'une bonne presse, l'arrivée d'un collaborateur, un anniversaire, une naissance, un mariage, un départ. On fait cela le matin ou le soir, cela dépend.

Dans ce cas, j'aime autant le matin. Au niveau de l'organisation, c'est encore gérable. Qu'en sera-t-il s'ils se mettent à faire des *after work* à tout va ? Je griffonne sur mon calepin :

Bonne ambiance

Penser à récupérer les dates d'anniversaire de chacun

Trouver baby-sitter urgemment

On monte à l'étage supérieur. Maryse me sert de guide. Devant le bureau de Nick, elle s'arrête :

— Ici, c'est le bureau du patron. Mais tu y es déjà venue, n'est-ce pas ?

Je stoppe sur le palier du bureau et revis la scène de nos retrouvailles et ce baiser inattendu, chargé de tendresse et de souvenirs. Je reprends mes esprits et chasse la mouche d'un revers de main ! Non pas que ce fut un moment désagréable mais comme vous le savez, cela m'a un petit peu perturbée.

Maryse ne s'est aperçue de rien et a continué son chemin vers le bureau d'à côté, celui que je pensais être à l'associé inconnu. En fait, c'est ni plus ni moins une énorme salle de réunion avec visioconférence, barco et autres outils de travail très modernes.

Elle entre dans la pièce où près de vingt personnes discutent. Parmi elles, je ne vois que le charismatique Nicolas. Je détourne le regard, fixe le sol ; je ne parviens ni à bouger, ni à parler. Personne n'a encore remarqué notre arrivée. Si ! Une ! Émilie, l'assistante de direction. Elle murmure quelque chose à l'oreille de Nicolas qui se tourne et s'illumine en nous voyant :

— Ah, enfin ! Vous êtes là !

Mince, mince, il vient vers moi. Que dois-je faire ? Lui serrer la main ou bien… Pas le temps de réfléchir ! Ma main tendue reste en suspens, il m'a déjà claqué quatre bises appuyées m'inondant de son parfum que j'adore et se tourne vers ses collaborateurs, qui nous regardent, un brin surpris :

— Chers collègues, je vous présente Marie Corte. C'est notre future directrice des ressources humaines. Je compte sur vous pour l'accueillir à la façon « J'étais elle ».

C'est quoi la façon « J'étais elle » ? C'est un livret d'accueil spécial ? Il semblerait que j'aie perdu ma langue ; je n'ai toujours pas prononcé un mot. Il me dit, plein d'entrain :

— Marie, je suis trop content de te voir ! Tu as l'air en pleine forme. Sois la bienvenue ! Tu es ici chez toi ! Comme je suis ravi de te voir sur tes deux jambes ! me dit-il plus discrètement avant de s'adresser de nouveau à l'assistance :

— Vous avez donc compris que notre très chère et dévouée Maryse nous quittera dans quelques jours pour profiter de sa retraite bien méritée. D'ailleurs, à ce propos, bloquez tous votre soirée du 15 mars pour fêter son départ. Je vous divulguerai le lieu de la fiesta dans les prochains jours.

Pendant ce temps, ses collaborateurs défilent à mes pieds. Ils me font tous la bise. Et je hais la bise ! Je prends conscience qu'il me faudra bisouiller quotidiennement tous ces gens. Oh, mon Dieu ! Comment pourrai-je mettre un terme à cette mauvaise habitude ? Il va falloir trouver très vite une parade à ce sketch ! Dès demain ! Je ne sais pas, un bouton de fièvre, un rhume, une allergie… Hormis Nick, je ne veux embrasser personne ! En attendant…

— Bonjour, je m'appelle Louis, je suis créa. Bienvenue, Marie !

— Bonjour, je suis Sophie, webmaster. On se dit « tu », hein ?

— Euh… OK… va pour « tu » ! lui dis-je sans grande conviction.

— Moi, c'est Gilles de la compta ! Enchanté !

Et cela continue : André consultant, Joël chef de projet, Florence à la compta, Didier superviseur, Christine infographiste, Marion RP, Jean-Pierre aux achats d'espaces et Patrick, Karen, Nelly, Olivier, Guillaume, Bob, Annie, Karim, Herman, Victor, Stéphanie…

— Euh, vous êtes combien dans c'te boîte ? dis-je à l'attention de Nick qui est toujours à côté de moi.

— Une trentaine ici dans ces locaux et une autre trentaine à Sydney, me répond Nick, radieux et fier comme un fermier qui expose sa plus belle bête au salon de l'agriculture.

— Tu te doutes bien que je ne pourrai pas me souvenir de tous ces prénoms avant une bonne décennie ?

— Ah ! Ah ! Je vois que tu n'as pas perdu ton sens de l'humour !

— Bah, il se pourrait bien que si ! Je déteste faire la bise. Je préfère serrer la main.

— La main ? Mais c'est *has been* dans la com. En Australie, on s'embrasse même sur la bouche pour se saluer !

— Tu plaisantes, j'espère ? dis-je effarée.

— Mais oui, c'est une blague ! Toujours aussi crédule. Je sens que je vais bien m'amuser avec toi. Un café ? dit-il en s'éloignant avant même d'attendre ma réponse.

— Euh oui, avec grand plaisir ! dis-je dans le vide, agacée parce qu'il a déjà le dessus sur moi.

Je ne vais pas rester plantée là comme une potiche à attendre mon café. Je m'approche d'Émilie et de Maryse qui discutent joyeusement à côté d'un panier rempli de viennoiseries. Miam, j'ai faim. J'engouffre, presque sans respirer, deux mini pains au chocolat, un mini croissant et une chouquette pendant que la voie est libre. J'ai encore la bouche pleine lorsque Nick me tend une grande tasse de café :

— Les embrassades t'ont donné faim, on dirait. Sucre ou sucrette ?

— Hum, mouais ! Sucre, s'il te plaît ! Deux !

— Tu as toujours autant d'appétit qu'à l'époque ?

— Je le crains. Mais je ne fais plus le même poids qu'au lycée, dis-je doucement. Tu sais, j'ai deux enfants. Ma fille, Stella, a bientôt six ans et Alex, mon petit garçon, bientôt trois ! lui dis-je, comme pour clarifier ma situation familiale, juste au cas où...

— Perso, je te préfère comme ça ! Tu étais trop maigre au lycée.

— Ah... bon... Tu trouvais ? Merci ! dis-je surprise par ce compliment détourné.

Ce café est délicieux. Je commence à me détendre. Ils ont l'air super sympas. Un petit groupe de plaisantins commence à scander « Un discours ! Un discours ! Un discours ! » Je me surprends à les imiter lorsque je me rends compte que tous les regards sont tournés vers moi. Je viens de comprendre. Péütéaïène ! Ils veulent que je fasse un discours ! Mais comment ça ? Non, c'est impossible, je n'ai rien préparé ! Et ce traître de Nick les encourage :

— Oui, Marie, un petit mot ?

— Bah... hum hum (petit grattement de gorge sexy). Eh bien, je ne m'attendais pas à devoir vous parler si vite... Enfin, je veux dire... devoir parler tout court... Enfin parler devant vous... Bon, désolée, on va peut-être recommencer ! Où est la caméra ?

Rire général !! Je me rappelle des conseils de Carine « Rire à gorge déployée » et « Être naturelle ». Je souris donc à pleines dents. Je me reprends :

— Je suis démasquée ! La prise de parole en public n'est pas mon fort, vous l'aurez constaté !

Autres rires. C'est un *one woman show* ! Allez, Marie, *you are the best !* Ils sont pendus à mes lèvres et attendent la suite. Je commence à apprécier :

— Donc... Je suis très contente de rejoindre cette superbe entreprise. Vous êtes tous beaux, jeunes et super productifs, j'en suis certaine !

— Je confirme ! crie Nicolas.

— Je regrette de devoir remplacer Maryse avec qui j'aurais souhaité collaborer plus que quelques semaines mais je suis tellement contente qu'elle puisse jouir de sa retraite méritée après le parcours qu'on lui connaît...

En fait, j'ignore totalement son parcours mais les sourires béats de mon auditoire me laissent penser que je n'ai sans doute pas tort. Je poursuis :

— Sinon, à part ça, avant d'arriver ici, j'étais directrice de la communication dans l'urbanisme commercial.

Donc j'ai collaboré avec des agences en tout genre. J'ai toujours été passionnée par les relations humaines en tout genre…

— Hum hum, disent certains avec un air coquin.

— Oui, en tout genre, disais-je et « J'étais elle Consulting » me donne l'opportunité de le mettre en pratique. Ah, ah… dis-je avec un haussement de sourcils presque sensuel.

— Hum hum… disent à nouveau trois jeunes qui ricanent au fond de la pièce.

— J'ai le sentiment que certains d'entre vous ont les idées mal placées quand on parle des relations humaines, hein, les jeunes, là ? (Rires) Donc, pour vous clarifier les choses tout de suite, je suis mariée depuis un bon moment, donc désolée Messieurs, mais je ne suis plus dispo (rires), j'ai deux enfants, assez jeunes et par conséquent, je ne vous embêterai jamais sur les horaires !

Rires et applaudissements unanimes. Mon show se termine. J'ai certainement été ridicule mais au moins c'est fait !

— Merci à tous et maintenant, au travail ! conclus-je en souriant de plus belle.

— Merci, Marie, dit Nick et merci à vous tous d'être venus plus tôt pour ce petit déjeuner. Il nous faut encore plancher sur l'appel d'offres. Guillaume, Marion, Karen, Joël, meeting dans dix minutes !

— OK chef, crient-ils, motivés.

— Et toi, Marie, au travail aussi ! me dit-il avec un clin d'œil. Tu n'auras pas Maryse éternellement.

— Fais-moi confiance ! J'adore les challenges, lui dis-je avec mon plus beau sourire.

J'adore cette entreprise. J'adore mon patron. J'adore mes collègues. Je fais un crochet par les toilettes avant de rejoindre Maryse dans son bureau, enfin MON bureau.

Fière de moi, j'arrive tout sourire devant le miroir. Waouh, j'en jette en DRH ! Avec mon petit tailleur cintré et ce joli collier fantaisie, je suis plutôt jolie. Je répète à voix haute : « Et maintenant, au travail ! »

Euh... Mais qu'est-ce que c'est que ça ??? Là, sur ma dent ??? Ô malheur ! C'est une énorme miette de croissant, là, sur mon incisive ! Punaise... Voilà pourquoi ils étaient tous morts de rire pendant mon discours. Ils se fichaient bien de moi, en fait ! Et moi qui me prenais pour une star... Je ne sortirai plus jamais de ces toilettes... J'ai envie de pleurer.

10.

Quelques minutes passent. J'étais trop heureuse avant de découvrir cette miette de croissant sur ma dent. Et maintenant, je me sens ridiculisée.

« TOC-TOC-TOC »

Quelqu'un frappe à la porte.

— C'est occupé ! Repassez plus tard ! dis-je.

— Marie ! C'est toi ? C'est moi, Nick ! Mais qu'est-ce que tu fais enfermée là-dedans ?

— Laisse-moi ! Traître !

— Dis-moi ce qu'il se passe. S'il te plaît !

Je me reluque une dernière fois dans ce maudit miroir. J'inspire, gonfle la poitrine, relève le menton, lisse mes cheveux, bien décidée à obtenir des explications. Je déverrouille la porte. Il est là, inquiet (et très beau aussi mais ça, ça ne compte pas).

— Je me demandais ce que tu faisais. Ça va ?

— Non, ça ne va pas ! Pas du tout du tout ! dis-je en lui donnant des petits coups sur le torse qui l'obligent à reculer jusque dans son bureau. Je ferme la porte derrière moi. Il a l'air de plus en plus inquiet.

— Euh… bah pourquoi ? Tu as été très bien, tu leur as fait une excellente impression…

— Tu aurais pu me le dire !!

— Mais te dire quoi, enfin ? Tu me fais peur, je t'assure ! Je ne vois pas de quoi tu parles…

— Tu aurais pu me dire que… j'avais un truc énorme sur la dent !!! Je me suis ridiculisée !

— Ahhhhhhhhhhhhh, c'est juste ça ? dit-il, visiblement soulagé.

— Comment ça ? Juste ça !!! C'était carrément un bout de croissant ! C'est impossible de ne pas l'avoir vu. C'était énoooorme !!!!! Pourquoi tu ne me l'as pas dit ?

Il s'approche de moi, pose ses mains sur mon visage, me caresse les joues avec ses pouces. J'ai un coup de chaud, subitement, mais la tension redescend instantanément. J'avais oublié à quel point Nicolas était tactile et l'effet qu'il pouvait produire sur moi. Très calme, presque en chuchotant, à quelques centimètres de mon visage, il me répond :

— Tout simplement parce que je n'ai pas vu cette fichue miette. Et pourtant, je n'ai pas cessé de te regarder une seule seconde.

Oups ! La situation prend une drôle de tournure. Il faut y mettre un terme avant que cela ne dérape… encore.

— OK, OK ! Je te crois, dis-je en m'extirpant délicatement de ses mains douces et tièdes. Si tu penses que personne ne l'a vue, alors OK, je te crois. Mais si ça se reproduisait, je préfère que tu me le dises.

— Très bien, Marie. Promis.

— OK. Merci, dis-je en m'éloignant.

J'ouvre la porte.

— Marie ?

— Oui, Nicolas.

— Je préfère que tu m'appelles Nick. Le passé, c'est le passé.

— D'accord, Nick. Mais il faudra qu'on discute… du passé justement.

— J'aimerais mieux que l'on parle d'avenir, plutôt, si tu n'y vois pas d'inconvénient ?

Dans le couloir, des voix approchent. Le meeting. Ils viennent pour l'appel d'offres. Ils sont là devant moi.

— Très bien, ce sera fait, chef ! dis-je en improvisant. Bonne réunion ! dis-je à l'attention des collaborateurs présents.

— Merci, Marie. Bon courage à toi aussi !

— Merci bien, dis-je sans presque desserrer les lèvres, par crainte qu'une nouvelle miette soit venue se loger entre mes dents.

J'écris sur mon calepin : *Apporter brosse à dents.*

11

Aux côtés de Maryse, la matinée passe à une vitesse phénoménale. Je n'ai même pas le temps de répondre aux SMS que je reçois. C'est sûrement Sèb qui cherche à avoir de mes nouvelles.

Elle m'explique des tas de choses, la politique de l'entreprise en matière de RH, son rôle, sa mission. Les notes sur le calepin s'accumulent, alors je surligne au fluo les plus urgentes. Elle me conseille de me familiariser avec le droit social… Je comprends très vite qu'elle n'a pas le meilleur rôle de l'entreprise. Eh oui, si un directeur des ressources humaines embauche, parfois, il licencie ! Je ne saurai jamais faire ça…

Face à mon inquiétude grandissante, Maryse se veut rassurante :

— Ne t'inquiète pas, Marie, nous avons des salariés hyper motivés et lorsqu'ils ne le sont plus, les propositions d'ailleurs s'imposent naturellement. Depuis que nous gérons cette société, Nick et moi avons eu très peu de cas critiques.

— Mais il y en a eu quand même, lui dis-je, anxieuse.

— Rien d'insurmontable, je t'assure. Nick maîtrise tout. Tout se passe merveilleusement bien avec lui. Il arrive à résoudre les situations les plus complexes. Les salariés l'adorent. C'est un bon patron.

— Il en a l'air, c'est vrai, dis-je dans un murmure.

À 13 h, Émilie nous apporte des sandwichs. Je suis un peu surprise. J'espérais que le déjeuner soit un moment aussi convivial que le petit déjeuner. Alors que je voyais les collaborateurs s'évader par petits groupes, Maryse restait la tête plongée dans ses dossiers. Personne ne nous a invitées. Mon ventre commence à crier famine lorsqu'Émilie me tend la demi-baguette en disant :

— Jambon/Fromage ou crudités/poulet ?

— Euh, crudités ! dis-je presque en criant. Enfin, si l'autre vous convient bien sûr...

Je n'aime pas le fromage sauf lorsqu'il est fondu, sur des pizzas par exemple ou gratiné au four, là, j'adore ! J'aime aussi la raclette, c'est vrai mais seulement lorsque la charcuterie et les pommes de terre dominent. Maryse lève à peine les yeux et répond :

— Oui, oui, ça m'ira. De toute façon, je n'ai pas très faim. Les viennoiseries me sont restées sur l'estomac. Avec l'âge, on ne digère plus si bien et ma vésicule me joue des tours...

— Ah...

— Je vous ai pris aussi une tartelette aux fraises, Maryse et une religieuse au chocolat pour vous, Marie. On m'a dit que vous aimiez ça ! ajoute Émilie, hyper fière d'avoir obtenu cette information.

— Oui, c'est vrai ! Qui donc a pu vous faire une telle confidence à part...

— Nick, lui-même ! dit-elle, finissant ma phrase. C'est lui qui a passé la commande pour vous avant de filer à son déjeuner. Si je peux me permettre, vous avez l'air de bien vous connaître, non ?

— Il ne vous a donc rien dit ? dis-je à l'intention des deux femmes.

Maryse lève enfin les yeux vers moi. Elle a le regard maternel, soudain inquiet et curieux, comme si la découverte qu'elle allait faire pouvait changer le cours de sa propre vie.

— Eh bien, quoi ? s'impatiente Maryse, habituellement douce et calme.

— Nick et moi étions des amis au lycée, dis-je hésitante.

— Bah ça, on le sait déjà ! me dit Maryse.

— Bah non, moi, je l'ignorais ! indique Émilie. OK, je comprends mieux maintenant, dit-elle en prenant congé sans qu'on le lui demande.

— Maryse, vous le saviez ?

— Marie, s'il te plaît, j'aimerais que tu me tutoies. Il faut que tu saches quelque chose. Je suis la marraine de Nicolas.

— La – marraine – de – Nicolas ?

— Oui, je suis sa marraine. Je considère Nicolas comme mon propre fils. Je sais exactement ce que tu étais pour lui à l'époque.

— Ah… dis-je en baissant les yeux. Nous étions des ados. Cela n'a jamais été très loin entre lui et moi…

— C'est ce que tu crois, Marie ! C'était bien plus que cela pour lui ! Pourquoi crois-tu que son entreprise s'appelle « J'étais elle » ?

Cette découverte me fait l'effet d'une bombe. J'ai le tournis instantanément. J'étais elle… « elle », c'est moi ?

— Non, Maryse, vous faites erreur…

— « TU » bon sang ! dit-elle avec fermeté. Nicolas était fou de toi. Même s'il me dit que tout est bien clair dans son esprit aujourd'hui, je n'en suis pas si sûre... ajoute-t-elle, radoucie.

— Mais... Il n'a pas eu d'autres histoires après la nôtre ?

— Oh si, plein ! Souvent de courte durée. À chaque fois, il disait qu'elle, la fille du moment, n'était pas la bonne chaussure pour son pied.

— Alors, il n'est pas marié. Il n'a pas d'enfant ?

— Non. Il a beaucoup papillonné. Sa relation la plus longue a duré trois ans. Elle s'appelle Jane. Elle gère la filiale australienne « I was her ». Ils sont amis. Nicolas était son témoin de mariage et il est le parrain de son premier enfant de huit ans, qui s'appelle Jude. Elle a aussi deux filles, Lisa et Mary.

— Mary ?

— Non, cela n'a rien à voir avec toi cette fois. Jane ignore ton existence, enfin je crois.

— Ah, ouf !!! dis-je, partiellement soulagée.

— Écoute, Marie. Je ne suis pas censée te raconter tout ça. C'est sa vie personnelle. Mais je crois qu'une discussion s'impose entre vous. J'ignore ce qu'il s'est passé le 17 décembre dernier juste avant que tu aies ton accident. Nick n'a rien voulu me dire mais depuis ce jour, il est différent, anxieux, étrange. Comme s'il avait de nouveau perdu la « chose » à laquelle il tenait le plus au monde et qu'il venait tout juste de retrouver...

— Mais... je ne ressens pas la même chose pour lui !

— Tu es sûre ?

— Je... Je... suis une femme mariée et... fidèle. J'avoue que d'avoir retrouvé Nicolas... enfin Nick... me perturbe grandement mais j'ai une famille... Je ne peux pas... Je ne sais pas...

— J'imagine, Marie. Mais discutez-en et vite ! Sinon, la situation risque de s'envenimer et il ne mérite pas de souffrir.

— D'accord, Maryse. Merci du conseil.

— De rien. Allez, sur ce, bon appétit !

Elle croque dans son sandwich alors qu'elle prétendait ne pas avoir faim quelques minutes plus tôt. Le nœud qui s'est formé dans mon estomac ne laisse rien passer. Je mastique la première bouchée pendant de longues minutes avant qu'elle ne franchisse ma gorge.

Je regarde la religieuse en pensant qu'il a vraiment dû m'aimer pour ne pas oublier ce détail si insignifiant.

« J'étais elle ».

12.

19 h 12. Nicolas passe une tête dans le bureau et nous interrompt en pleine revue de statistiques :

— Dis donc Maryse ? Tu as décidé d'achever Marie dès le premier jour ?

— Bah non, mais on n'a pas vu les heures passer, dit-elle avec sincérité.

— Pourquoi, quelle heure est-il ? dis-je en louchant sur ma montre sans parvenir à distinguer les aiguilles.

Lorsqu'enfin, elles deviennent plus nettes, je manque de suffoquer. Évidemment, je ne laisse rien paraître. Je suis une femme organisée, ou presque. Carine devait récupérer les enfants et les ramener à la maison. Je lui avais promis d'être de retour pour 19 h 30 mais de toute évidence, je n'y serai jamais. En partant de suite, au mieux, je serai à la maison pour 20 h. Et mince !

Nicolas, à qui je ne peux visiblement rien cacher, perçoit mon stress naissant. Tel un chevalier servant, il vient à ma rescousse :

— Marie, si tu veux, je te dépose. Je suis en scooter. Tu iras plus vite qu'en métro.

— Euh...

Dans ma tête, c'est le chaos. Je pèse déjà le pour et le contre : « Oui » et Sèb me tuera ou « Non » et je serai très en retard. « Oui » parce que je meurs d'envie de chevaucher son scooter… j'ai bien dit « chevaucher son scooter » ; mais où avez-vous donc l'esprit ? et « Oui » parce que je vais libérer Carine et éviter un incident diplomatique dès mon premier jour de reprise. Je dois être de retour avant Sèb, c'est obligatoire. Cela fait donc trois oui contre un seul non, que je ne suis même pas censée divulguer.

— Alors ? me relance Nicolas tel un enfant impatient.

— D'accord ! J'imagine que tu as deux casques ?

— Évidemment ! Sinon je ne te l'aurais pas proposé.

— Bien sûr…

— Je monte récupérer mes affaires, on s'attend en bas dans cinq minutes, dit-il avant de disparaître.

Maryse me toise :

— Tu vois un peu là où je voulais en venir, ce midi ? Ce n'est peut-être pas si évident pour lui. Ce serait peut-être l'occasion… tu sais… de parler.

— En scooter ? Je doute fort qu'on s'entende mais peut-être…

Elle rêve. Je n'ai pas la moindre envie de mettre les choses au clair maintenant. J'ai envie de profiter un peu de la situation. Je me sens séduisante et cela me plaît. J'ai l'impression d'être redevenue une adolescente. Et surtout, je ne fais rien de mal. On verra les bla-bla plus tard.

Je fais un rapide crochet par les toilettes et constate que l'open space est vide. Devant la glace, je souris mécaniquement pour vérifier que je n'ai rien dans les dents et me souffle dans le creux de la main pour vérifier mon haleine.

De retour dans le bureau, j'enfile mon manteau. Je n'ai absolument pas la tenue adéquate pour monter sur une moto. Mon pantalon est vraiment très serré et mes talons sont très hauts. Je ne compte pas remettre pour autant mes ballerines cachées dans ma sacoche, qui peut parfaitement rester là ce soir. Je ne compte pas réviser dès le premier jour. De toute façon, je n'en aurai guère le temps. Mon seul souci à cet instant précis est le suivant : de quoi vais-je avoir l'air avec un casque sur la tête ? Me trouvera-t-il jolie ?

Je salue Maryse tout en la remerciant chaleureusement pour cette journée riche en savoir. Debout, elle me lance un « salut » avec un clin d'œil complice :

— Salut ! À demain !

— Oui, Maryse, à demain. Bonne soirée et encore merci pour tout.

— De rien, Marie, c'est un plaisir.

Au rez-de-chaussée, le poste de Léa est vide. J'en conclus que sa journée est finie. J'en suis soulagée car je préfère que personne ne nous voie partir ensemble. Bonjour les ragots, dès le premier jour ! J'envoie un rapide SMS à Carine : *« Jariv dan 20 min »*.

Je n'écris jamais en abrégé mais là, je n'ai pas le temps. J'entends déjà les pas énergiques de Nicolas qui descend par les escaliers à vive allure. Il apparaît, plus beau que jamais. Il a joliment vieilli. Je me rappelle l'époque où il portait des jeans extralarges et des chemises à carreaux style bûcheron qui cachaient ses épaules de jeune homme. Je préfère de loin cette chemise blanche cintrée qu'il lui va à ravir et qui met en valeur ses formes affirmées. Il a troqué son *baggy* de l'époque pour un pantalon slim noir très chic qui moule délicieusement ses fesses. Je vous jure, je ne l'avais pas remarqué avant ! Ses cheveux, désormais poivre et sel, au-dessus des oreilles, sont bien mieux maîtrisés qu'au lycée. Il porte un blouson de motard, très serré lui aussi. Il est vraiment canon. Je radote, je sais. Dommage qu'un si bel homme soit encore sur le marché. Dommage surtout que moi, je n'y sois plus ! Et ce sourire...

— Prête ?

— Oui... enfin... il faut que je t'avoue quelque chose... Je ne suis jamais montée sur un scooter, lui dis-je avec un regard plein d'innocence.

— Eh ben, il y a un début à tout ! Allez, viens ! le parking est par ici.

Il me prend par la main. Je me laisse faire. Oui, je suis vilaine ! Mais ce n'est pas moi, c'est lui qui a commencé.

À cet instant, Léa sort des toilettes. Et merde ! Je lâche la main de Nicolas mais c'est trop tard, elle nous a vus. Elle devient blême puis rouge quand Nick lui lance :

— Bonne soirée, Léa, à demain.

— Oui, bo-bonne soirée M'sieur-dame ! dit-elle en bredouillant.

Je suis muette. J'ai honte. Que va-t-elle imaginer ? Nous arrivons près du scooter. La bête m'effraie un peu. C'est bien plus qu'un scooter. Il est énorme, son truc !

Nick me prend totalement en charge comme si j'étais une enfant. Il boutonne les six boutons de mon manteau en partant du bas et en remontant vers le col, il noue la sangle autour de ma taille que je contracte afin de faire disparaître le petit bourrelet post convalescence. Il m'habille et pourtant dans ma tête, c'est comme s'il me déshabillait. Il fait cela avec une vitesse maîtrisée qui me semble durer une éternité. Puis, il enlève mon sac à main que je porte sur l'épaule droite et le passe par-dessus ma tête pour le mettre en bandoulière. J'ai de plus en plus chaud. Il a presque fini et je me laisse faire. Quelle sera la prochaine étape ? Jusqu'où ira-t-il ? Enfin, il pose sur ma tête le casque délicatement parfumé (d'une odeur de femme évidemment) et il attache la sangle sous mon (petit double) menton.

— Voilà ! tu es prête ! Tu as des gants ? me demande-t-il.

— Non.

— Bon, ce n'est pas grave. Tu mettras tes mains dans les poches de mon blouson.

— …

Ben voyons, dans ses poches ! Et pourquoi pas où je pense ? Il est gonflé quand même !

Malgré mes réticences psychiques, je ne pipe pas mot. D'ailleurs, je sais d'avance que je vais m'exécuter à la lettre. C'est mon patron. Je ne dois pas le décevoir.

« Vilaine ! » me murmurent des voix.

— C'est juste parce qu'il fait frisquet à cette heure. Ne va pas t'imaginer des choses, hein ? ajoute-il en mettant son casque.

— Oh, bien sûr que non, Monsieur Martin[e], je n'imagine absolument rien. Nous ne sommes plus des ados, n'est-ce pas ?

— …

Aucune réponse. Juste un sourire radieux derrière sa visière.

Il démarre et je suis déjà cramponnée à lui, la tête posée sur son dos, les yeux mi-clos. Pourtant, durant tout le trajet, je ne pense qu'à une chose, ou plutôt qu'à quelqu'un : Sèb. Sébastien et sa déception s'il apprenait que je n'écoute pas ses conseils, dont celui de « Ne jamais monter sur un deux-roues ». Sébastien et sa colère. Sébastien et sa jalousie s'il apprenait que je flirte avec mon patron, un ex de ma jeunesse qui plus est ! Ouh là !!! L'heure est grave. La culpabilité pointe son nez avant même qu'il ne se passe quoi que ce soit.

Comme souhaité, mes mains sont dans les poches du blouson de Nicolas. Je n'ai ni chaud, ni froid. Je me sens étrange, comme au bord d'une falaise, prête à tomber dans le vide. Je me cramponne un peu plus fort pour ne pas ressentir la fraîcheur de ce début mars.

Nick ne parle pas. Je ne lui ai pas indiqué le chemin mais visiblement il s'est renseigné sur la question. À l'approche de mon domicile, le stress monte encore d'un cran. J'ai peur de croiser Sèb sur la route, bien qu'il ne rentre jamais à cette heure-ci. Et si je croisais Blandine ? Vous souvenez-vous de Blandine ? La joggeuse coquine qui trompait son mari avec son coach sportif. Mais si !! Celle que nous avions surprise dans le parc lors d'un footing avec Carine... Bref, qu'en penserait-elle si elle me voyait accrochée à un autre homme ? Bon après tout, je pourrais toujours dire que Nicolas est mon mari... Pff, je chasse la mouche. Pourvu que l'on ne croise personne, c'est tout !

13.

Le long des quais, à quelques dizaines de mètres de chez moi, Nicolas ralentit. Il a décidément le don de lire dans mes pensées. Il me dit :

— Il vaut mieux que je te dépose ici, non ?

— Oui, ce sera parfait, Nicolas.

— Nick, s'il te plaît.

— Ah oui, pardon, Nick… J'oublie toujours.

Je descends la première. Mes jambes sont flageolantes.

— Alors ? demande-t-il.

— Alors quoi ? me demandant où il veut en venir.

— Ça t'a plu ?

Je ne peux pas dire si cette première expérience a été plaisante. Par certains aspects, oui, par d'autres, moins.

— Euh, mouais.

— Quel enthousiasme, Madame Corte ! Que se passe-t-il ? dit-il en perdant tout à coup son ton jovial qui lui va si bien.

— Pas grand-chose, Nick. Justement, je ne sais pas trop… D'abord, tu réapparais dans ma vie, comme ça, tu m'embauches sans trop savoir ce que je vaux dans ce domaine, tu m'apportes des fleurs à l'hosto, tu m'envoies des SMS, puis tu m'offres une religieuse au chocolat, mon dessert préféré et maintenant tu me raccompagnes chez moi...

— Waouh, heureusement que ce n'était pas « grand-chose » !

— Oh excuse-moi, Nico, euh Nick. Je me pose trop de questions, je suis nulle...

— T'es tout sauf nulle, Marie ! Je n'espère rien. Je sais précisément ce qu'il en est.

— Ah...

Zut alors !! C'est déjà fini ? La conversation va s'arrêter là. Je n'en saurai pas plus ! J'ai besoin de précisions et vite !

— Et donc, qu'en est-il pour toi ? dis-je pour le relancer.

Il coupe le contact de la moto et retire son casque. Il commence à détacher le mien que je gardais en rempart, comme un loup au bal masqué, histoire de ne pas être reconnue par un habitant du quartier. J'attends. Il prend une grande inspiration et je jurerais voir ses yeux briller. Je l'encourage :

— Je t'écoute, Nick. J'ai besoin de savoir. C'est important pour moi.

— OK, OK... Marie, la réalité c'est... C'est... que je n'ai jamais aimé une autre femme comme je t'ai aimée toi.

Foutaise ! Hérésie ! C'est inimaginable ! Je souris, tellement c'est improbable.

— Ce n'est pas drôle. T'es pas sympa de sourire comme ça, parce que ce sourire justement, c'est le même qu'il y a dix-sept ans et deux-cent-vingt-cinq jours... Le dernier jour où l'on s'est vus avant ton départ en vacances pour l'Italie.

Je rêve ! Il a compté les jours ? Ce gars est dingue. Je crois que je ferais mieux de filer. Je regarde discrètement ma montre : 19 h 41. Carine doit s'impatienter. Et en même temps, qui se priverait d'une telle déclaration ?

— Euh, Nicolas… Nick, Nick, pardon ! Nous étions des gamins ! On n'a même pas couché ensemble.

— Je t'ai fait l'amour mille fois dans mes rêves. Aucune femme ne me fait ressentir cela. Je ne sais pas… Tu me rends dingue ! Avec toi, j'ai le sentiment d'avoir de nouveau seize ans ! J'ai l'impression de vivre, tout simplement… Je te jure…

— Bon, écoute ! Je pense que tu as pris un coup de froid, tu as perdu tes esprits. C'est toi qui n'es pas sympa de me dire ça, bien des années plus tard !!! Où étais-tu tout ce temps où tu prétends me faire l'amour ? Je ne t'ai pas vu beaucoup te battre pour me récupérer cet été-là. Comment oses-tu foutre le bordel dans ma tête ? J'ai trente-cinq ans, un mari, des enfants ! J'ai fait ma vie et toi, tu as construit la tienne sur quoi ? Des souvenirs, des illusions !

— Je sais, Marie, dit-il, radouci. Je ne suis peut-être pas ta chaussure mais tu étais la mienne.

— J'étais ! Je l'ai été quelques mois dans les années 90, Nico ! Ouvre les yeux ! Tu es quelqu'un de super ! Doux, attachant, drôle, beau à se jeter dans tes bras, tu mérites d'être heureux. Il est vraiment temps de tourner la page…

Chaque mot crève mon cœur. Ai-je envie qu'il la tourne ? N'ai-je pas soudainement envie de réécrire l'histoire, notre histoire ?

— À cet instant précis, je meurs d'envie de t'embrasser, Marie.

— Pfff… Tu t'es déjà servi, me semble-t-il ?

Malgré la pénombre, je le vois rougir. Quel romantique ! J'adore. Chacune de ses émotions m'émeut.

— Alors, tu t'en souviens ? me demande-t-il timidement.

— Et comment ! Je te rappelle qu'à cause de cela, je me suis pris un vélo dans la tête… dis-je, plutôt en colère.

— Pourquoi tu ne m'as rien dit ?

— Je n'en sais rien. Je suis une femme ordinaire, avec une vie ordinaire. Tu es venu chambouler mon quotidien ordinaire… T'es super chiant !

Il s'approche. Non non, pas de baiser, je ne saurais pas le repousser. Pitié, pas de baiser… Il fait ses cinquante pour cent et attend que je fasse le reste du chemin. Au lieu de cela, je fais volte-face et commence à m'éloigner frénétiquement. Il m'attrape le bras :

— Marie ! Attends !

— Nicolas, s'il te plaît, ne gâche pas tout. J'ai de l'estime pour toi. Tu es adorable. Toutes ces choses que tu me dis me touchent vraiment mais… JE NE PEUX PAS ! dis-je en criant.

Un taxi s'approche de nous. La vitre côté passager descend, son conducteur hurle à mon intention :

— Ça va, Madame ?

Mais de quoi il se mêle, celui-là ?

— Putain, Monsieur Chen ! Euh, pardon. Ça m'a échappé… Mais que faites-vous dans les parages ? dis-je en m'approchant de la voiture.

— Bah, j'ai eu une course dans le coin. Tout va bien, Marie ? J'ai eu l'impression que ce Monsieur t'importunait.

— Non, non ! Pas de problème, je discute. C'est un ami. Nick Martin[e], voici Monsieur Christian Linh Chen. Figure-toi que c'est précisément lui qui m'a conduite dans le quartier de « J'étais elle » le jour de mon premier entretien avec Maryse, dis-je à l'attention de Nick.

— Monsieur Martine, enchanté !

— Moi de même ! Et je vous remercie d'avoir mené Marie à bon port ce jour-là… ajoute Nick.

— De rien, c'est mon métier ! Bon, ce n'est pas tout mais je suis pressé. Tenez ma carte, si besoin, appelez-moi ! Au revoir ! Salut, Marie, prends soin de toi !

Il est déjà parti. Nick, tout penaud, s'approche à nouveau. Je prends les devants cette fois. Je ne veux pas me faire avoir.

— Nick, je veux bien travailler dans ton entreprise mais que les choses soient claires, je ne serai jamais autre chose que ta collaboratrice.

— Je l'avais bien compris. Qui ne tente rien n'a rien ! L'espoir fait vivre !

— Non, tu ne dois pas espérer. Il n'y a rien à espérer !

— Peut-être bien que oui, peut-être bien que non…

— Tu es vraiment pénible quand tu t'y mets ! Dis-toi que je ne suis pas celle que tu as connue il y a dix-sept ans et des brouettes. Je suis une teigne, manipulatrice, odieuse et détestable.

— Oh que non ! Tu n'es pas cela.

— On s'en fout de ce que je suis ! Tu dois m'oublier ! D'ailleurs, il y a une dernière chose que j'aimerais savoir.

Comment m'as-tu retrouvée ? Comment as-tu su que j'étais sans travail ? Comment ? Hein ? Comment ?

— Je pense qu'il ne vaut mieux pas que je te le dise.

— Ah si, tu vas me le dire ! Stop aux mensonges et aux non-dits, tu me le dis et maintenant ! dis-je de plus en plus énervée.

— C'est Karoline, lâche-t-il après un moment d'hésitation.

— Karoline ! Ma Karo ? Mais que vient-elle faire là-dedans ?

— On est amis sur *Facebook* depuis plusieurs années. De temps en temps, je lui demandais de tes nouvelles et elle m'en a donné. C'est on ne peut plus simple !

— Punaise... Karo... Et elle ne m'a jamais rien dit...

— On se fiche de ça, Marie. J'ai cherché à te retrouver. C'est chose faite. Et maintenant, je comprends qu'il faudra me passer de toi, ça ne va pas être de la tarte !

— Écoute, Nick, je suis fatiguée, c'était une grosse journée, ma copine est chez moi, il faut que je la libère. Mes enfants m'attendent. Mon mari ne va pas tarder...

— OK, OK, Marie. Je suis navré mais s'il te plaît, réfléchis à tout ça.

— Je te remercie de m'avoir raccompagnée, Nick. À demain. Bonne soirée.

— À demain, Marie.

Je le laisse planté là. Je marche sans me retourner et pourtant, je meurs d'envie d'aller me jeter dans ses bras, juste cette fois, rien qu'une fois. Une larme roule sur ma joue. C'est à cause du froid, bien sûr. Je m'assure qu'aucun véhicule ne viendra me percuter et atteins le portillon de ma résidence. Je tape mon code sur le digicode. Je suis enfin chez moi. Je suis épuisée. Dans ma tête, c'est le brouillard complet.

14.

19 h 52. J'ouvre la porte d'entrée. Enfin à la maison ! Alex vient immédiatement se jeter dans mes bras. « Maman !!!!! » Ah mon amour de petit bonhomme. Je l'écrabouille tellement je suis heureuse de le voir.

— C'est fini le cravail, Maman ? me demande-t-il.

Alex remplace tous les [tr] par des [cr]. C'est craquant !

— Oui mon chéri, c'est fini pour aujourd'hui. Et toi, ta journée s'est bien passée ?

— Euh oui… Euh Emma… elle m'a fait un bisou su la bouche ! me dit-il le plus normalement du monde.

— OK ! Emma, c'est ton amoureuse, alors ?

— Euh… oui !

— Super, Loulou !

Je vous rappelle qu'Alex n'a pas trois ans. Je suis trop fatiguée pour argumenter sur l'amour en crèche. Il a une amoureuse, tant mieux pour lui ! Pourvu qu'elle ne vienne pas lui réclamer des comptes dans vingt ans…

Le volume sonore laisse présager la présence de Stella sur le divan en train de regarder *Violetta*.

— Stella ! Baisse le son, s'il te plaît ! dis-je en sachant pertinemment qu'elle ne m'entend pas.

Je quitte enfin mes chaussures. Que j'ai mal aux pieds avec ces fichues godasses ! J'entends des voix dans la cuisine. Carine doit être au téléphone. Je m'approche, elle est attablée au comptoir de ma cuisine, un verre de vin blanc sous le nez dans mon service en cristal que je ne sors que pour les grandes occasions.

— Ah, Marie, tu es là ? dit-elle, presque gênée.

— Salut ! Je suis navrée… Je suis en retard. Tu as bien fait de te servir un…

Elle n'est pas seule. Sébastien est là aussi, lui aussi a son petit verre devant lui. Ils grignotent des gâteaux apéro. Mon mari constamment au régime et ma copine coach en diététique grignotent ensemble mes gâteaux apéro préférés, oignons et crème, dans mon dos. C'est décidément une dure journée. Je ne cache pas ma surprise :

— Bah, tu es là, Sébastien ? Déjà rentré ?

— Bah oui, Marie, j'ai foot ce soir. Tu ne me fais pas un bisou.

— Si, si, pardon ! Désolée, c'était une longue journée.

— Alors, ce nouveau boulot ? me demande Carine.

— C'est chouette ! L'ambiance est sympa. Vous vous rendez-compte ? Ils ont organisé un petit déjeuner pour mon arrivée, c'est cool, non ?

— J'espère que tu ne t'es pas goinfrée de viennoiseries ? ajoute mon cher mari avec la délicatesse qui le caractérise.

— Et vous ?? Vous papotez depuis longtemps, dis-je avec une pointe de jalousie non dissimulée.

— Une petite demi-heure, peut-être… Comment se fait-il, Marie, que tu ne m'aies jamais présenté Carine ?

— Bah, je n'en sais rien… il n'y a pas eu d'occasion.

Parce que Carine est géniale, riche, belle, brillante et veuve et que potentiellement elle cherche un père pour un deuxième enfant. Qu'est-ce qu'il me fait, là ?

— Carine, tu veux rester dîner ? dis-je en tentant de masquer mon agacement et en espérant sincèrement qu'elle décline mon invitation.

— Non, Marie, je te remercie. Tu dois être éreintée. Bon, les enfants sont douchés et ils ont déjà dîné. J'avais de quoi nourrir un bataillon avec ce que Maria avait préparé. Je vais rentrer, elle doit se demander ce que je fabrique.

— Je n'ai donc rien à faire ? C'est génial ! Merci, Carine, tu es adorable.

— Bon, alors j'y vais. J'ai été ravie, Sébastien, de faire ta connaissance. Marie m'avait tant parlé de toi.

Ah bon ? Je ne m'en souviens pas plus que cela.

— Mathis, tu viens ?? ajoute-t-elle en direction du salon.

— Oui Maman, j'arrive tout de suite ! répond-il poliment.

— Alors, demain, même chose ?

— Non, demain, ce n'est pas nécessaire. C'est mardi et Sébastien ne travaille pas. Ni mercredi d'ailleurs.

— Très bien. Alors à jeudi. Tiens-moi au courant.

— Merci encore, Carine. Sans toi, je n'en serais pas là.

— De rien, ma belle, avec plaisir ! dit-elle en me faisant la bise.

À peine la porte fermée, je démarre au quart de tour. J'ai bien l'intention de régler mes comptes avec mon mari.

— Comment se fait-il que tu sois rentré si tôt ?

— Bah, Marie, je vais au foot. Je rentre toujours plus tôt le lundi soir. Qu'est-ce qui te prend ?

— Et tu te mets à boire du vin blanc, juste avant le foot ?

— Ah, j'ai compris. Tu es jalouse ? dit-il en riant.

— Non, absolument pas ! Jalouse ? Moi ? Pfff ! Même pas en rêve… N'importe quoi ! Vraiment, qu'est-ce qu'il ne faut pas entendre… jalouse… non mais…

La vérité c'est que, oui ! je suis super jalouse et que de les trouver là, tous les deux, m'a fait presque oublier ma discussion avec Nick.

20 h 15. Sèb file au foot, les enfants filent au lit. J'écourte le rituel du soir. Je lis l'histoire à la vitesse grand V parce que je n'ai qu'une envie, celle de m'affaler sur le canapé et prendre connaissance de tous les appels et messages reçus dans la journée.

Je repense à Karo qui a informé Nicolas de mon parcours. Qui sait depuis combien de temps il me piste ? A-t-elle seulement connaissance des conséquences générées ?

Je saisis l'ordinateur et poste sur mon profil *Facebook* la phrase pleine d'ambiguïté qui va générer des retours d'un pourcentage restreint de mes 136 pseudo-amis : « Une nouvelle vie commence. »

Je vais rarement sur *Facebook*. Je ne suis pas très connectée mais ce soir, j'ai envie de fouiller. Je me rends sur le profil de Karo afin de dénicher la page de Nicolas. Seulement voilà, Karo a 943 amis. Je vais mettre trois heures avant de retrouver son profil, surtout s'il se prénomme autrement que Nick, Nico, Nicolas… Je décide d'appeler Karo.

Une, deux, trois tonalités, puis répondeur. Je raccroche sans laisser de message car de toute façon, elle ne les écoute jamais dans la foulée. C'est donc peine perdue.

Tiens, je reçois un texto. C'est elle : *« Je couche Nolan, j'te rapel »*

OK. Elle ne me rappellera pas. Je le sais. Karo est débordée : femme active le jour et mère active le soir. Je la connais par cœur. Une fois qu'elle aura terminé ses tâches quotidiennes, elle s'affalera sur son canapé et s'endormira au bout de quelques secondes. Elle me rappellera dans soixante-douze heures minimum, se confondant en excuses et me relatant chaque minute qui se sera écoulée depuis. Sauf que je suis pressée de savoir comment Nicolas s'y est pris. Je la relancerai demain.

« Bip-bip », un nouveau SMS arrive. C'est Carine. En fait, j'en ai reçu plusieurs d'elle aujourd'hui. Je remonte dans l'historique pour les consulter, enfin.

11:48 *« Alors cette matinée ? ☺ »*

11:59 *« Bon, tu ne réponds pas, tu dois être prise. A+ »*

18:02 *« J'ai récupéré tes enfants. Tout va bien. À tout' ! »*

21:12 *« Je suis super fière de toi. Tu as remonté plusieurs pentes en très peu de temps. Je suis contente de t'avoir pour amie. Bonne soirée ou plutôt bonne nuit. Repose-toi bien ! Bisous »*

Les enfants chahutent. Ce n'est pas le soir ! Mon agacement monte d'un cran. Alex me réclame un énième câlin. Je m'exécute avant de monter le ton pour le dissuader de recommencer.

Stella aussi est super excitée. Elle joue avec l'interrupteur. Jour – nuit – jour – nuit…

— Stella, si tu joues encore avec la lumière, je te mets une fessée.

— Même pas ! dit-elle avec insolence.

J'ai affaire à une adolescente. L'avenir promet !

— Bah continue et tu verras ! dis-je tout en lui collant un dernier bisou sur le front.

— Carine, elle est plus gentille que toi. Je veux changer de maman. Je la veux, elle ! dit-elle.

C'est un coup de poignard en plein cœur, par ma propre fille. Quelle cruauté !

— Stella, je vais faire comme si je n'avais pas entendu mais réfléchis à ce que tu viens de dire. Cela me fait beaucoup de peine. Bonne nuit ! Et que je ne t'entende plus ! dis-je en fermant la porte de sa chambre.

Les larmes guettent. « Bip-bip » à trois reprises. Encore des messages. Ras-le-bol !

C'est Monsieur Chen : « *Marie, j'espère que ça va mieux que tout à l'heure. Tu étais toute blanche. À bientôt pour le café. Linh* »

Sébastien : « *J'adore quand tu es jalouse. Hum… ça m'a donné des idées pour tout à l'heure. Ne t'endors pas trop vite…* »

Nick : « *Marie, je suis désolé de chambouler ta vie de femme ordinaire. Je suis sincère. Tout ce que je t'ai dit, je le pensais vraiment. Fais de beaux rêves.* »

Je ne réponds à aucun des messages. J'éteins littéralement mon portable et décide d'aller me coucher. Je sais pertinemment que je ne m'endormirai pas de sitôt, les pensées se bousculent dans ma tête. Cette journée a été trop rude.

15.

Il faut croire que j'étais très fatiguée. À peine avais-je posé la tête sur l'oreiller que je dormais déjà. Je n'ai même pas entendu Sèb rentrer et se glisser dans le lit. Cela n'arrive jamais. D'ordinaire, je l'attends. On discute quelques minutes avant que je me laisse enfin tomber dans les bras de Morphée. Il me raconte les moments forts de son match de foot, le nombre de buts qu'il a mis, si l'ambiance était sympa ou pas… Mais cette fois, je n'étais pas disponible. Il a dû avoir pitié de moi. Il n'a pas osé me déranger pour mettre à l'œuvre son SMS envoyé un peu plus tôt dans la soirée. Tant mieux.

Mais j'ai un problème de taille. Il est 3 h 45 et j'ai fini ma nuit. Je fixe le plafond sans le voir et cherche les moutons à compter mais je n'arrive pas à me concentrer. Mes pensées passent du coq à l'âne. Nick serait le coq, Sèb, l'âne. Ou le contraire. Mais peu importe.

Je songe à ma vie depuis le lycée, à ma rupture inexpliquée avec Nicolas. J'essaie de me rappeler pourquoi cela n'a pas marché entre nous. Puis je revis ma rencontre avec Sébastien, comme si c'était hier : nos débuts, nos premières fois, notre premier appart, nos voyages, l'arrivée du chat, le mariage des copains, puis le nôtre et un peu plus tard, la naissance des enfants…

J'aime ma vie. Malgré les changements et nos évolutions personnelles, nos chemins vont dans la même direction. Et ma conclusion, c'est que je suis heureuse. Oui, dans ma vie ordinaire, je suis heureuse. N'est-ce pas une aubaine ? Je crois que si, justement !

Il me faut donc un plan pour lutter contre l'envie de tomber dans les bras d'un autre homme. Je ne serais pas la première à craquer et franchement, ce n'est pas ce que je souhaite. Je passe peut-être à côté de quelque chose d'énorme mais mon éducation ne me le permet pas et mes sentiments non plus. Je préfère quelques regrets aux remords. Dans ma tête, toujours en silence, j'établis ma feuille de route. Quels sont les faits ?

J'ai constaté que « mon » Sébastien pouvait se mettre en mode séduction, notamment avec Carine ce soir. Rien n'est jamais acquis ! Cela me fait craindre le pire : le perdre. Nul doute à avoir, je l'aime, il m'appartient et je veux le garder ! Quant à Nick, c'est juste un fantôme du passé, que je n'aimais pas plus que cela d'ailleurs, qui refait surface et vient me mettre à l'épreuve. Hors de question de mettre mon couple en péril ! Je vais mettre définitivement un terme à sa manœuvre. Reste à trouver comment ?

4 h 32. Je réfléchis à ma contre-attaque quand subitement j'ai une idée de génie. Oui, mais c'est bien sûr ! Là, c'est certain, je ne me rendormirai pas de sitôt.

Nick est un homme génial, trente-cinq ans, pas d'enfant, célibataire, un bon parti et bel homme. Il cherche une dame et il se trouve que j'en ai justement une dans mon entourage, belle, riche et brillante et, le plus important, disponible : Carine !

La solution à tous mes problèmes est là sous mes yeux. Je dois faire en sorte qu'ils se rencontrent, qu'ils tombent amoureux et qu'ils finissent ensemble. Ils ont tous les deux besoin d'un amour inconditionnel. Ainsi, Nick restera mon ami et je pourrai continuer de veiller sur lui d'une certaine façon. Quant à Carine, son deuil a assez duré. Elle est encore jeune et il est temps qu'elle refasse sa vie.

Bon, et maintenant ? Où et quand ? Et encore faut-il que la magie opère. Chaque chose en son temps. Là, tout de suite, maintenant, j'ai un autre projet.

Cette manigance m'a émoustillée. Tout à coup joyeuse, je suis saisie d'une folle envie de faire l'amour. Tout homme est heureux d'être réveillé en pleine nuit par un câlin, non ?

Je me colle à mon chéri et dépose sur son épaule dénudée des bisous qui provoquent un son bizarre : « Mmmm… »

C'est le « Mmmm » qui signifie : « Quoi ? Qu'est-ce que tu veux ? » Je chuchote :

— Tu m'avais promis un câlin…

— Hein ? dit-il en somnolant.

— Je suis jalouse… Je crois que je mérite une petite punition, dis-je avec la voix la plus sensuelle du monde.

— Euh, Marie… Je dors, là ! grommelle-t-il.

— Bah non puisque tu me réponds, je te signale. Juste un petit câlin… Je n'arrive pas à dormir. C'est toi qui parles toujours des endorphines… Allez, ça ne durera pas longtemps, mon lapin…

— Non merci, Marie. Je dors profondément.

Quoi ? Alors là, c'est le monde à l'envers ! Je suis outrée. Il refuse un câlin ? C'est pire que je ne le pensais.

L'heure est grave. De nouveau déprimée, je demande des explications.

— Vraiment... Je ne te comprends pas. Pour une fois que je prends les devants, tu me jettes. Je suis déçue. Oui, très déçue, dis-je en retournant de mon côté du lit.

— Bah oui, d'ailleurs c'est étrange... Cela ne te ressemble pas de vouloir faire du sexe en pleine nuit. Qu'est-ce qui t'arrive ?

— Rien, t'as raison, il est 5 h. Bonne nuit ! dis-je pour couper court à la conversation.

Une main chaude prend contact. Un frisson me parcourt.

— T'as vraiment cru que j'allais perdre cette occaz ? Allez, viens par là, je vais te donner du bonheur...

Ouf, je retrouve mon Sébastien, drôle et sûr de lui. Me voilà rassurée. Je peux me laisser aller. La suite n'est pas racontable. Imaginez donc ce que vous voulez !

16

Mmmm… J'ai super bien dormi. J'entends les enfants qui sont dans les toilettes pour le pipi du matin. Tiens, c'est étrange qu'ils soient levés. Je devrais être la première debout dans cette maison. Quel jour sommes-nous ? Mais… quelle heure est-il ?

J'attrape le réveil et appuie sur le bouton pour éclairer l'écran digital où s'affiche 8:36. Je me frotte les yeux pour y voir plus clair. C'est bien ça… Et pourquoi la foutue cloche qui indique que le réveil est bien enclenché est-elle éteinte ? Les endorphines de la nuit n'ont pas fait long feu. Merde ! Merde ! Merde ! Désolée, ça fait beaucoup de gros mots d'un coup, mais je suis vraiment dans la… ! Je beugle :

— Sèb, debout ! Il est 8 h 36 ! dis-je sans aucun ménagement alors qu'il n'est pas du matin.

— Comment ça, 8 h 36 ?

— Oui, t'as bien entendu. 8 h 36, enfin 37 maintenant !

— Bordel, mais qu'est-ce que t'as foutu ? T'as pas mis le réveil ?

Bah évidemment, je n'ai pas mis le réveil. C'est donc de ma faute. Oui, bon, il n'a pas tort, j'étais censée gérer le réveil et je ne sais pas trop ce qu'il s'est passé, j'ai zappé. Ou alors, je l'ai éteint lors de mes nombreuses manipulations nocturnes durant mon insomnie. On ne le saura jamais.

— Écoute, ça peut arriver… Ce n'est pas le moment de parlementer, Stella devrait déjà être à l'école ! Et moi, je devrais déjà être partie depuis belle lurette. Grouille ! dis-je fermement.

J'enfile un pull sur mon haut de pyjama, un jean, mes chaussettes sales de la veille chopées au pied du lit, j'attache mes cheveux ébouriffés en une queue de cheval approximative. Sèb crie :

« Maman a oublié de mettre le réveil, les enfants ! On se dépêche, on se dépêche, on doit partir tout de suite ! »

Stella et Alex sont super coopératifs. Ils ont saisi la gravité de la situation. Alex ne bronche pas quand je lui enfile le pull qui gratte et le « pibamon » qu'il n'aime pas. Stella accepte de mettre le legging rouge Hello Kitty et son sweat rose bonbon qui ne va pas du tout avec en temps normal. Je ne les gronde même pas lorsque je m'aperçois qu'ils ont tous les deux dormi avec des chaussettes (propres j'espère). On a gagné vingt secondes par pied, soit une minute vingt. Top !

8 h 41. Les chaussures sont enfilées. On ne se pose pas pour le traditionnel petit déjeuner. J'emporte des madeleines qu'ils mangeront sur le trajet.

— Toi, tu vas à la crèche, moi à l'école ! dis-je à Sèb.

— OK. T'as tes clés ?

Euh… Où sont ces péütéaïènes de clés ??

— Elles sont là, Maman ! me dit Stella.

— Merci ma puce ! Allez GO GO GO ! Bisous Alex, passe une bonne journ… dis-je en refermant déjà la porte.

Je me promets de ne plus jamais oublier de mettre le réveil. Et dire que je suis en retard à mon travail dès le deuxième jour. Nick va penser que j'ai démissionné suite à notre conversation. Qu'est-ce que je vais bien pouvoir lui donner comme explication ?

On court. Stella avale sa madeleine. On traverse la rue sans regarder, je croise les autres mères et nounous en sens inverse. Elles étaient à l'heure, elles ! Pas un « bonjour », rien ! À vrai dire, je ne cherche pas à croiser leurs regards. J'ai la tête du matin, pas lavée, à peine coiffée, des traces noires de mascara sous les paupières, alors autant qu'elles ne me voient pas dans cet état.

On arrive à l'école où quelques mères programment leur sortie du jour. J'embrasse Stella. Elle est déjà partie. À peine a-t-elle traversé le pas de la porte que j'entends retentir la sonnerie annonçant le début de la classe.

Ouf ! 8 h 45. J'y suis arrivée !!!!!! J'ai envie de crier un grand coup comme si j'avais gagné un marathon. Je décide de me taire, à part m'afficher, personne ne comprendrait.

Je cours vers la maison et organise les prochaines étapes :

1/ Prévenir Nick ou Maryse dès que je chope le portable

2/ Toilette de chat, brossage de dents avec intensité

3/ Me maquiller, me vêtir

4/ Courir jusqu'au métro

Quelle vie !

« Marie ! Marie ! »

C'est Sèb, il revient de la crèche. Il porte un bas de jogging, ses baskets Adidas et sa doudoune plume. On dirait un ado. Je le vois rarement habillé comme ça sauf... quand il ne travaille pas. Mais oui !!!! Il va pouvoir m'accompagner en voiture, youpi !!!!!

— Tu pourrais me déposer au travail ? dis-je quand il arrive à ma hauteur.

— Quoi ?

— Oui, s'il te plaît ! Tu peux me déposer à Neuilly ?

Vu la lenteur de sa réponse, je présume que l'idée ne l'enchante pas. Il espérait peut-être se recoucher.

— Tu veux bien ou pas ?

— Bon, OK...

— T'es trop bon ! dis-je ironiquement.

Arrivée dans l'appartement, je me dirige vers le téléphone pour effectuer la mission n°1. Je constate que mon portable est éteint. Je me rappelle alors que, saoulée des nombreux SMS reçus en soirée, j'avais préféré éteindre le téléphone sauf que... je ne me souviens plus de mon code PIN et j'ai beau réfléchir, je ne m'en souviens plus. Bon sang !

— Sèb ?

— Humm ?

— Par hasard... tu ne te rappellerais pas mon code PIN ?

— Bah non, c'est ton code PIN, pas le mien.

— Merci ! Quelle amabilité ce matin !

S'il continue comme ça, je vais changer de projet et aller me jeter dans les bras de Nicolas. Cela lui fera les pieds.

— Mais tu avais tout noté sur la boîte, non ? ajoute-t-il.

— Mais oui, tu as raison ! Elle est rangée dans le placard à bazar. Tu veux bien regarder pour moi, je suis en train de me maquiller.

— OK !

Quelques secondes plus tard :

— Douze – vingt-neuf ! douze – vingt-neuf !

On se croirait au loto du village. Mais oui ! 1229.

— Merci, chouchou ! Allez rallume-toi !!! dis-je de plus en plus pressée à l'attention du téléphone.

OK. Ça, c'est fait ! J'appelle illico Maryse. Elle décroche à la première sonnerie :

— Oui, Marie ! Bonjour !

— Bonjour Maryse. Je suis navrée, je vais avoir un peu de retard.

— Rien de grave ? s'empresse-t-elle de demander.

— Non non. J'arrive dès que possible, avant 10 h.

— Très bien, Nick est avec moi, nous sommes au café, tu veux lui parler ?

Rrrrr. Je comptais bien l'appeler mais j'espérais qu'il soit déjà en rendez-vous et qu'il ne s'aperçoive pas de mon écart, le deuxième jour.

— Euh, oui… si tu veux, dis-je sans grande motivation.

— Marie ? Tout va bien ? que se passe-t-il ? enchaîne-t-il, visiblement inquiet.

— Tout va bien oui, cela ne m'arrive jamais mais j'ai eu une panne de réveil. Je suis désolée…

— Si ce n'est que ça, tout va bien ! Je pensais que… peut-être… notre discussion d'hier…

— À ce sujet, Nick, s'il te plaît, n'en parle pas à Maryse. Je te sais très proche d'elle et elle a dû sûrement déjà te questionner mais je n'ai pas envie d'en faire une affaire d'État, OK ?

— Hum hum... répond-il.

Trop tard ! Ce « Hum hum » laisse sous-entendre que c'est déjà fait. Et zut ! Je n'ai nullement envie de devoir en parler avec elle.

— OK, à tout à l'heure. Je fais au plus vite, dis-je avant de raccrocher.

Je saisis la brosse à dents lorsque je perçois le reflet de Sébastien dans le miroir, visiblement contrarié :

— Une affaire d'État ? Qu'est-ce qu'il ne faut pas dire à Maryse ? demande-t-il.

Zut ! Sèb n'a visiblement pas perdu une seule miette de ma discussion. Je me croyais à l'abri dans la salle de bains. Décidément, la journée commence mal. J'essaie de couper court à la conversation.

— Ce n'est rien, dis-je lasse... en espérant que cela le dissuade mais Sèb est parfois coriace.

— Ça a l'air plus important que ça. C'est qui ce type d'abord ? Tu lui parles comme si tu le connaissais depuis toujours.

— Chébachtien, che chui déchà en retard... dis-je avant de cracher le dentifrice.

— Je te connais, Marie ! Il se passe quelque chose. C'est qui, ce mec ?

— Nick est mon patron.

— Et tu parles comme ça à ton patron ? Un homme que tu as vu deux fois ! C'est ton amant, c'est ça ?

— Alors là, Sèb... tu me déçois vraiment. Tu crois vraiment que je pourrais avoir un amant ?

— Je ne sais pas...

— Bah non, patate ! Je n'ai pas d'amant. Nick est juste...

— JUSTE QUOI ??? dit-il paniqué. Finis tes phrases !

— C'est juste un copain de lycée. Détends-toi !

— UN QUOI ????? dit-il, de plus en plus énervé.

— On était dans la même classe.

— Pourquoi tu ne me le dis que maintenant ?

— Je n'ai pas jugé utile de t'en parler.

— « Pas utile » de m'en parler ? Non mais je rêve ! Tu as vraiment changé Marie, dit-il en quittant la pièce.

— Ah non Sèb ! Ne me dis pas ça ! Pas après la nuit que nous venons de passer.

— Bah justement !!! Cette nuit, parlons-en ! Depuis quand tu te réveilles en pleine nuit avec des pulsions ? Tu vois, je suis sûr qu'il se passe quelque chose avec ce mec !

— Crois ce que tu veux ! Tu me fatigues ! Je suis prête, on y va ?

— Où ?

— Tu m'accompagnes, tu as oublié ?

— Et en plus, faut que je t'emmène jusque dans ses bras ?

— Oh, Sèb, arrête de faire l'enfant s'il te plaît. Si je t'avais dit qu'un copain d'école m'embauchait dans sa boîte, tu n'aurais sûrement pas été fier de moi comme tu l'as été. Voilà pourquoi ! Et puis, je ne l'ai su qu'hier ! Comment voulais-tu que je t'en parle avant ?

Oui, bon ! C'est un tout petit mensonge pour ne pas l'achever complètement. La scène du baiser ne sera jamais dévoilée.

— Mouais, j'y crois à moitié à ton mytho ! dit-il.

— Chéri, arrête ! s'il te plaît. Tu es le seul homme de ma vie et tu le sais, dis-je en tentant de le rassurer.

— Mouais...

— Allons-y, s'il te plaît. Je ne veux pas être plus en retard que je ne le suis déjà.

Sèb est devenu muet. J'ai rentré l'adresse de « J'étais elle » dans le GPS pour ne pas avoir à lui parler non plus. Cela nous évitera une énième dispute liée au GPS ou à tout le reste. Il n'a pas ouvert la bouche de tout le trajet. Il s'est fait un malin plaisir de mettre à fond le volume sonore de la radio, sachant que cela m'énerverait au plus haut point. J'ai tenu tout le trajet et n'ai pas baissé le son. Résultat, j'ai une migraine.

Arrivé devant l'immeuble, il n'a pas coopéré lorsque j'ai voulu déposer un baiser sur ses lèvres. Il a détourné la tête et m'a lâchée sur le trottoir comme on lâche un tas de journaux.

Je suis restée là, immobile, à l'endroit précis où le vélo m'avait fauchée quelques semaines plus tôt. Personne ne m'a percutée mais ce que je ressens à cet instant est bien pire qu'un vélo qu'on prend en pleine poire.

Je suis là, figée, lorsqu'une voix m'appelle de l'autre côté de la rue : « Marie ! Hey, oh, Marie !! »

17.

C'est Nick. Il me fait signe de le rejoindre. Je traverse la route en m'assurant qu'il n'y a aucun danger : ni bus, ni taxi, ni automobiliste, ni cycliste. Il est rayonnant, zen et sa présence me procure un bien-être immédiat. Il sent divinement bon. Il me fait la bise et me dit :

— Allez viens, je suis certain que tu n'as pas pris ton petit déjeuner.

— Non, en effet. J'étais déjà très en retard. Mais Maryse doit m'attendre, on doit poursuivre la passation.

— Ne t'en fais donc pas pour Maryse. Je lui ai dit qu'elle pouvait rentrer chez elle.

— Quoi ? Mais pourquoi ? Qui va s'occuper de moi ?

— Je compte te garder à mes côtés pour la journée. Il faut que tu saches comment je travaille. Maryse était ravie. Elle avait plein de courses à faire.

— Ah oui ? dis-je perplexe.

— Allez viens, je t'offre un café.

On entre dans le petit café, celui où je m'étais déjà rendue lors de mes entretiens d'embauche. Il y a peu de monde à cette heure. C'est normal, les clients sont tous au travail. Je reconnais le personnel comme si c'était hier. Le serveur assez jeune et speed, la patronne au comptoir et un homme d'un certain âge, jovial et souriant, sûrement son mari. Cela doit être une affaire familiale. L'homme crie :

— Bah alors, Nick, tu comptes passer ta journée ici ?

— Pourquoi pas, Jean ? J'ai une autre invitée.

— Soyez la bienvenue, Madame.

— Merci, Monsieur.

— Ici, tout le monde m'appelle Jean.

— Très bien, alors dans ce cas, vous m'appellerez Marie.

— Avec plaisir, Marie, qu'est-ce qu'on vous sert ?

— Mets-lui la totale, Jean. Je crois qu'elle en a besoin, répond Nick à ma place.

Il se dirige vers la table qu'occupait l'inconnu qui m'avait longuement observée derrière son journal. Je comprends alors que Nick m'avait déjà repérée lors de mon premier entretien avec Maryse. Il n'était donc pas à l'étranger comme elle l'avait sous-entendu. Je me sens dupée et mon moral se plombe encore davantage.

— Assieds-toi Marie, tu es toute pâle.

— Non, ça va...

Sans mon approbation, il me caresse la joue du revers de sa main et malgré ma bonne volonté pour refuser tout contact, je bascule ma tête pour en ressentir davantage la caresse.

— Je vois bien que cela ne va pas... Raconte !

— Pfff. Je me suis disputée avec Sèb ce matin.

— Ah...

— Il m'a entendue lorsque je te disais de ne pas parler à Maryse au sujet de « tu sais quoi ».

— Aïe ! Et ?

— Bah, j'ai été contrainte de lui dire que tu es un ami du lycée.

— C'est tout ce que tu lui as dit ?

— Oui. Je ne voulais pas l'achever. Il est déjà hyper déçu...

— Je comprends. Bon, ce n'est pas si grave, alors...

— Il était si fier de moi. Il pense que je lui mens, que j'ai un amant... En quinze ans, c'est la première fois qu'il porte de telles accusations. Et si la confiance se...

Je suis interrompue par le serveur qui apporte « la totale », à savoir, un croissant, un grand café, un jus d'orange pressée et un muffin au chocolat qui m'a tout l'air d'être fait maison. Il dépose un thé à la menthe devant Nick avant de repartir débarrasser d'autres tables.

— Et si la confiance se quoi ? Continue !

— Si la confiance se perd, cela risque de détruire notre couple. Je n'en ai pas envie.

— Tu es sûre, Marie ?

Je lève les yeux, interloquée. Il me provoque ou je me trompe ?

— Nick, s'il te plaît... Nous en avons déjà parlé.

— Es-tu sûre ? Réponds ! C'est une simple question.

— Mais sûre de quoi, enfin !

— Est-ce que tu l'aimes ? Tout simplement !

— Je... enfin... oui...

— Moi, je crois que tu ne l'aimes plus, Marie. Tu mérites qu'on t'aime plus.

— Nick, tu dis n'importe quoi ! Tu n'y connais rien ! N'insiste pas, dis-je en chuchotant.

Il ne dit plus rien. Il me regarde à travers les vapeurs de son thé fumant. Je picore mon croissant. Je n'ose plus affronter son regard. Après quelques minutes passées en silence, il lâche :

— Je t'aime.

Je feins de ne pas avoir entendu. Que pourrais-je faire d'autre ? Me lever et partir ? Je n'en ai pas la force. Le gifler ? Non, je n'en ai pas la moindre envie. L'embrasser ? Peut-être, rien qu'une fois… pour savoir… pour trancher. L'embrasser…

Des voix se cognent dans ma tête. L'ange beugle « Résiste ! » quand le démon crie « Allez, lâche-toi ! Carpe Diem ! » en lui mettant une droite terrassante.

Sans comprendre ce qui m'arrive, comme attirée par un flux magnétique irrésistible, je fais les dix, vingt, trente, quarante, cinquante pour cent vers lui, sans lever les yeux, me laissant porter par mon mouvement comme si je flottais dans les airs, quand à dix pour cent de sa bouche, mon portable émet un « bip-bip » qui me fait sursauter. Mon derrière se repose instantanément sur la chaise.

— Excuse-moi. C'est un SMS de… Sébastien.

Sauvée par le gong ! C'est un signe. La providence. Je le lis : « *Je suis un crétin, Marie. J'ai confiance en toi, je suis désolé d'avoir douté. J'ai tout le temps peur de te perdre et j'ai réagi comme un débile. À ce soir. Je ne suis plus fâché. Passe une bonne journée. Je t'M* »

— Tu peux répéter ta question ? dis-je à Nick, ayant enfin retrouvé mes esprits avec l'ange triomphant.

— Quelle question ? demande-t-il complètement déstabilisé.

— Si j'aime mon mari ? La réponse est oui, Nick. Je suis désolée. J'ai eu un moment de faiblesse. J'ai cru qu'en t'embrassant, j'y verrais plus clair mais je n'en ai pas besoin. Tout est clair, limpide ! Ma vie est avec Sèb.

— …

Devant un tel revirement de situation, je me lève et lui dépose un bisou sur la joue.

— Je peux te proposer mon amitié. L'acceptes-tu ou non ?

— Ai-je le choix ? dit-il sceptique.

— On a toujours le choix. C'est mieux que rien, non ?

— Je ne crois pas en l'amitié homme/femme.

— Je vais te prouver que cela existe. Je vais m'occuper personnellement de ton cas. Je vais t'aider à trouver l'amour.

— N'importe quoi... Je n'y crois pas une seule seconde.

— On verra. Alors quel était le programme, Monsieur le Directeur ? dis-je soudainement pleine d'entrain pour changer de sujet.

Je termine mon petit déjeuner en mangeant les miettes que je récupère avec mon doigt mouillé. Regonflée à bloc et rassurée par le message de mon mari, je me sens d'attaque pour affronter l'avenir. Je repense à mon projet nocturne : caser Nick avec Carine. C'est la meilleure solution. L'air de rien, je questionne Nick :

— Dis-moi Nick, est-ce que je peux venir accompagnée au pot de départ de Maryse ?

— Comme tu veux, dit-il, blasé et sans doute persuadé que Sèb sera mon accompagnateur.

— Cool. Merci. Bon, on y va patron ? dis-je enjouée.

— Oui, oui... on y va, dit-il complètement abasourdi.

18

La matinée aux côtés de Nick est malgré tout réconfortante et très intéressante. J'ai participé au briefing de l'équipe « créa » pour l'appel d'offres en cours et puis on a déjeuné avec un client, un certain Paul Hulard, PDG d'une société de transport. À vrai dire, ma présence ne servait à rien, à part pour manger et boire, enfin surtout pour boire les paroles de mon patron. Durant tout le temps, alors qu'ils causaient de tout et de rien, je construisais ma stratégie pour me détacher de Nick et faire en sorte qu'il se désintéresse de moi et s'ouvre à une autre.

De temps à autre, de façon tout à fait impolie, je zieutais mon téléphone portable en quête de nouveaux encouragements de la part de Sèb, de Carine ou de quiconque, mais rien. Je n'ai pas pipé mot sauf quand Paul Hulard m'a interrompue dans ma rêverie pour m'extirper quelques phrases limite incohérentes :

— Et donc, Madame Corte, d'où venez-vous ?

Sans vraiment savoir si la réponse attendue devait être d'ordre personnel ou professionnel, je dis sans grande conviction :

— Bof… de nulle part… Après quelques années dans l'urbanisme commercial, j'ai eu quelques mois pour moi.

— Bien, intéressant, dit-il avant de s'adresser de nouveau à Nick pour entreprendre un nouveau sujet de conversation auquel je ne peux participer : l'Australie.

Nick m'a fusillée du regard. Il est mécontent. Cela se voit comme le nez au milieu de la figure. Il essaie de se contenir mais il y a fort à parier qu'il m'en fera le reproche plus tard. Ensuite, j'ai hoché la tête des dizaines de fois, fait des « oh » et des « ah » et ce furent mes seules manifestations verbales pour essayer de remonter dans l'estime de notre invité.

Le déjeuner s'est terminé. Nick a payé la note et Paul Hulard m'a saluée en précisant qu'il était ravi d'avoir rencontré la successeuse de Maryse. Mouais...

Comme je m'en doutais, sur le trajet du retour, dans le taxi, Nick m'a réprimandée comme une enfant :

— Tu n'étais pas très causante lors du déjeuner.

— Oui, c'est vrai. Tu le sais, je ne suis pas vraiment dans mon assiette. C'est une journée étrange. Je suis désolée, je tâcherai d'être plus à la hauteur la prochaine fois, dis-je en posant ma main sur sa cuisse.

J'ai senti un tressaillement et instantanément, j'ai retiré ma main qui n'avait rien à faire là où elle était compte tenu de la situation et de tout ce qu'on s'était dit au café.

— Marie, je crois en toi. Ne me déçois pas, dit-il en fixant la route.

— Bien, Nick.

— Je ne crois pas que tu aies bien compris, dit-il en me regardant durement. Je vais être plus clair. Si je ne peux rien attendre de toi d'un point de vue personnel, au moins d'un point vue professionnel, tu te dois d'être irréprochable, concentrée, pro ! Tu es notre DRH.

— Bien, j'ai saisi. Je te promets de faire des efforts.

Je réalise à travers ces quelques mots qu'il ne me passera rien. Il sera encore plus exigeant qu'il ne l'est avec ses autres collaborateurs. Dans quel pétrin me suis-je encore fourrée ?

Le reste de la journée est tranquille. Nous évitons tout contact physique mais l'attraction est trop forte. Face à lui, devant son bureau, mes jambes frôlent les siennes et mes idées se bousculent. Quand son regard se pose sur moi, je détourne le mien en rougissant. Malgré mes bonnes résolutions, je suis déstabilisée. « Résiste ! » crie l'ange. Le démon s'est fait la malle. Tant mieux. Je griffonne des tas de trucs sur mon calepin pour faire diversion, des mots qui ne servent à rien sortis de leur contexte : politique, relation, leadership, benchmark, team building…

Vers 18 h, alors que nous ne parlons plus de rien, que les choses s'apaisent et que le téléphone cesse de sonner, le Nicolas de mon enfance s'avance vers moi et pose ses mains sur mes épaules :

— Tu ne crois pas que cela va être compliqué ?

— Non, je vais y arriver, je t'ai promis d'être une bonne DRH.

— Je ne parlais pas de ça, Marie.

— Bah, de quoi parles-tu ?

— De nous, Marie. Je te parle de nous. Si l'on se voit tous les jours, ça risque d'être compliqué, non ?

— Déjà, compte tenu de notre discussion d'hier, ce n'était pas une très bonne idée de passer la journée ensemble. J'ai vu l'hôtesse pâlir lorsqu'elle nous a vus arriver tous les deux ce matin et encore cet aprèm, quand on est revenus du déjeuner. Maryse n'est pas venue travailler et j'ai passé la journée enfermée dans ton bureau. Émilie n'a même pas osé monter… Rien que le fait qu'ils puissent s'imaginer des choses, pour moi, c'est compliqué. Sans te parler de tout le reste. Quand t'es gentil avec moi, quand tu me touches, quand tu poses ton regard sur moi, tu ne facilites pas les choses. Encore moins quand tu me dis que tu m'aimes. Alors oui, ça risque d'être hyper compliqué.

Il se lève et se dirige vers la baie vitrée. De son bureau, il a une belle vue sur un jardin.

Je me lève pour le rejoindre. La vue sur tout ce vert est régénérante. C'est bientôt le printemps, ma saison préférée. La nature renaît, les bourgeons des arbres et des fleurs font leur apparition, les oiseaux se remettent à chanter, les températures sont plus douces. Tout cela me rend romantique.

Nos épaules se frôlent et pour la seconde fois de la journée, j'ai une envie folle de l'embrasser. « Résiste ! » s'écrie l'ange.

Nick prend une grande inspiration et sans détourner le regard, il me dit :

— Là-bas, il y a plein d'arbres aux boules rouges…

— Ah…

C'est le flash. Jusque-là, je ne parvenais pas à me souvenir comment lui et moi étions sortis ensemble. Maintenant, je m'en souviens.

C'était un jour de printemps, il faisait doux et l'on commençait à faire tomber les pull-overs et les manteaux. Le cours d'économie avait été annulé et nous avions pu quitter le lycée plus tôt. Avec notre bande de copains, nous avions décidé de nous rendre dans le parc situé à quelques centaines de mètres de notre école. Il fallait emprunter un chemin piéton bordé de ces fameux « arbres aux boules rouges ». Comme on était des ados attardés et que la moindre distraction était la bienvenue, une bataille de ces petites billes rouges fut engagée. Nicolas n'arrêtait pas de me bombarder. J'étais sa principale cible. Et il était la mienne. Qui aime bien châtie bien ! Pour le faire cesser, je me mis à crier que l'une de ces billes avait atterri dans mon œil. En moins de deux, il fut à mes côtés, mon visage dans ses mains, son souffle dans mon œil, puis sa bouche sur la mienne. Voilà comment notre amitié se transforma en amourette qui dura quelques mois.

C'est fou qu'il puisse encore se rappeler ces détails bien des années plus tard.

— À chaque fois que je regarde ces buissons, je pense à la bataille de boules rouges et donc à toi, dit-il.

— On n'est pas sortis de l'auberge… dis-je en soupirant.

— Dis donc, t'aurais pas un truc dans l'œil ? dit-il en me regardant soudainement comme s'il n'avait pas entendu ma réplique.

— Non, je ne crois pas. Dans les dents, peut-être ? dis-je en tentant de faire diversion, me rappelant l'épisode de la veille.

— Fais voir ! dit-il en m'attrapant le visage comme à l'époque et en amorçant le pourcentage qui va bien afin de déposer un baiser sur mes lèvres.

Je suis tétanisée à cette simple idée quand… mon portable sonne. Je tressaille et me libère de son étreinte. Pour la deuxième fois de la journée, je suis sauvée par le gong. La photo de Sébastien s'affiche à l'écran. « C'est

Sébastien », dis-je à Nick. Je décroche la voix tremblotante :

— Allô !

— C'est moi.

— Oui, je le vois. Ça va ?

— T'as bientôt fini ?

— Euh… oui, je ne vais pas tarder.

— Super, alors ne bouge pas ! J'arrive dans vingt minutes. Je suis avec les enfants, on vient te chercher.

— Ah oui ? Ah bah cool… Bah je ne bouge pas, alors. Fais-moi sonner quand tu arrives devant l'immeuble.

— OK, à tout'.

— Oui, à tout de suite.

Je raccroche. Nick a retrouvé sa place derrière son ordinateur et son sérieux d'homme insatisfait.

— C'était Sèb, dis-je. Il vient me chercher.

— Oui, j'avais compris.

— Tu es contrarié ? dis-je.

— Un peu. Cela fait deux fois aujourd'hui que ton mari vient compromettre nos plans.

— Il n'y a pas de plan, Nick. Il n'y a pas de nous non plus. Je vais te prouver que tout cela c'est de l'histoire ancienne et qu'il faut tourner la page définitivement.

— Ah oui ? Comment ? dit-il, curieux.

— Comme ça ! dis-je, prise d'une détermination à toute épreuve.

Je fais le tour de son bureau, pivote son fauteuil afin qu'il me fasse face. Je saisis son visage et sans qu'il ait le temps de comprendre la situation, je lui colle un baiser sur les lèvres. Cela ne dure que quelques nanosecondes. Je n'y mets aucune intensité, aucun désir, aucune émotion, je prends presque autant de plaisir que lorsque j'ai embrassé Karo à notre folle soirée entre filles. Voilà, c'est fait ! Ouf, je me sens soulagée !

Lorsqu'il rouvre les yeux, il est désorienté et surpris. Je lui dis :

— Alors ? Tu vois, c'était nul, hein ?

— C'est le moins qu'on puisse dire ! Je n'avais pas du tout imaginé les choses comme ça.

— Ah oui ? Et tu imaginais quoi au juste ?

J'ai conscience qu'en disant cela, je prends un risque mais je ne suis plus à cela près. On doit en finir.

— Voilà comment j'imaginais les choses, moi…

Il s'avance vers moi d'un pied ferme et me saisit par la taille, je me raidis instantanément. L'ange s'affole et le diablotin sort enfin de sa caverne en hurlant « CARPE DIEM ». Je m'attends à revivre la scène du 17 décembre et j'en tremble de peur et d'excitation à la fois. Je ne suis pas prête mais je ne parviens pas à le repousser. Alors que sa bouche approche dangereusement, je ferme les yeux et me prépare à le recevoir et pourtant, rien n'atterrit sur mes lèvres. Il me serre juste très fort dans ses bras et blottit sa tête dans mon cou. Notre étreinte dure plusieurs secondes, plusieurs minutes même. Comme il est bien plus grand que moi, je commence à fatiguer sous son poids alors qu'il continue de respirer calmement dans mon cou. En temps normal, j'adore quand mon petit bonhomme d'Alex me fait ça, mais là, cela devient gênant. Je ne suis pas sa mère non plus !

— T'as bientôt fini ? dis-je, presque déçue par la tournure de la situation.

— Attends, laisse-moi en profiter encore un peu. Ce sera la dernière fois, Marie. Je ne t'embêterai plus, c'est promis. Un jour, quelqu'un m'a dit : « Aimer quelqu'un qui ne vous aime pas, c'est comme attendre un bateau à l'aéroport ». Nous, c'est ça.

— Dans ce cas, je t'en prie, fais donc... dis-je assommée par tant de romantisme.

Mon portable sonne. Nick relâche enfin son étreinte.

— C'est sûrement ton époux, dit-il. Est-ce qu'il sait seulement la chance qu'il a de t'avoir ?

— J'espère, dis-je. Mais j'ai aussi de la chance de l'avoir lui. Est-ce que tu veux faire sa connaissance ?

— Non, Marie. Pas maintenant, pas aujourd'hui. J'ai besoin d'être seul, tu peux y aller. Ne les fais pas attendre.

— D'accord. Alors, à demain !

— Non, je suis en déplacement pour le reste de la semaine.

— Ah bon ? dis-je, déçue à l'idée de ne pas le voir de toute la semaine.

— Oui et j'aimerais que tu te charges d'organiser le pot de départ de Maryse avec Émilie. Tu n'as qu'à contacter Jean, du café, pour le privatiser.

— Oui, bonne idée ! Je m'en occupe.

— Je t'appellerai si besoin.

— Idem de mon côté.

— Sauve-toi ! Va rejoindre ta famille !

— Merci, Nick. Bonne soirée.

Je quitte son bureau avec un pincement au cœur. Cette fois, c'est certain, les choses n'iront pas plus loin. Je salue Léa qui est à son poste à l'accueil. Elle m'adresse à peine la parole.

Lorsque je rentre dans la voiture, les enfants sont surexcités et crient : « Maman ! Papa, il a quelque chose pour toi ! » J'embrasse Sèb qui me tend un bouquet de fleurs :

— Désolé pour ce matin, me dit-il.

— Oh, c'est trop mignon, merci ! Il ne fallait pas, c'est de l'histoire ancienne. On était tous à cran avec cette histoire de réveil.

— OK ! Et maintenant, on va au resto, dit-il, enthousiaste.

— Bonne idée ! dis-je.

Je déteste faire la cuisine, alors peu importe où l'on va, l'idée de ne pas avoir à concocter un repas me donne pleine satisfaction. Sèb a des talents culinaires très limités aussi et je sais qu'il a opté pour cette initiative par pure fainéantise, mais cela me convient très bien. Les enfants m'obligent à ne plus penser à ma journée. Ce sont de véritables moulins à paroles. La main de Sèb vient se poser sur ma cuisse, je la saisis et ne la lâche plus durant tout le trajet, sauf lorsqu'il doit l'utiliser pour passer les vitesses. Elle est chaude et rassurante, son regard semble inquiet. Sèb lit en moi. Je fixe la route et j'essaie de classer l'affaire « Nick » très loin dans les profondeurs de ma mémoire afin qu'il ne se doute de rien.

19

À l'origine, l'idée d'un resto était une excellente idée, sauf qu'avec deux enfants, âgés de deux et cinq ans, cela peut vite virer au cauchemar.

Nous avons choisi une petite pizzeria proche de chez nous. Thomas, mon beau-frère, y déjeune souvent avec ses collègues de travail et nous la recommande chaudement depuis notre arrivée dans cette ville. D'après lui, les pizzas ont le goût de « chez nous ». « Chez nous », c'est notre région en Italie. Quand on est habitué aux bonnes pizzas de là-bas, on est souvent un critique intraitable. La pâte ne doit être ni trop épaisse, ni trop fine. Toujours croustillante sur les bords, on doit pouvoir la manger avec les mains sans qu'elle ne s'effondre parce que trop chargée d'ingrédients ou parce que la pâte est trop molle au milieu. La « quatre saisons » est ma pizza préférée. Sèb adore la « quatre fromages ». Personnellement, je n'y touche pas ! Je soupçonne ma mère d'avoir fait une surconsommation de fromage pendant sa grossesse car je n'ai jamais aimé ça. Vous ne me ferez jamais avaler de chèvre, de gorgonzola, de camembert, de roquefort, ni de gruyère sauf s'il est fondu. En vieillissant, j'ai appris à apprécier la raclette mais c'est un miracle.

Je suis certaine que vous vous demandez comment je peux aimer la pizza avec toute cette mozzarella ? Eh bien, je vais vous répondre le plus simplement du monde ! Parce que c'est un fromage qui n'a pas de goût, enfin, la plupart du temps. La « mozza », je l'adore cuite mais je l'adore crue aussi, baignant dans un fleuve d'huile d'olive.

Bref, en matière de pizza, nous sommes intransigeants ! La première impression est primordiale. Si les pizzas sont bonnes, nous deviendrons des adeptes du lieu et serons le meilleur support de publicité pour le restaurateur.

Dès que nous entrons dans le restaurant, nous avons une bonne impression. Le lieu est chaleureux. Des photos en noir et blanc ornent les murs de couleur ocre. Il y a une quinzaine de tables, certaines occupées. Un monsieur nous accueille avec un « bonsoir » au « R » roulé. C'est un rital, c'est sûr, sinon il cache bien son jeu. Pour le tester, je lui réponds d'emblée « Buonasera ! Siamo quatro persone. » Sèb me jette un regard en coin qui signifie « Arrête de te la raconter ! » mais je l'ignore. Si ce monsieur comprend la langue alors nous sommes dans le vrai. S'il me regarde en biais, il n'a d'italien que le nom de la pizzeria et là, ce sera ma première déception. Il me répond :

— Gé vois qué Madame est italienne.

— En effet ! Vous aussi, non ?

— Bien s[ou]r ! Gé s[ou]is napolitain et vous ?

— Ah, nous aussi !! Nos parents sont originaires d'un petit village situé entre Rome et Naples.

— Ah bon ? Et d'où précisément ?

— Oh, mais c'est tellement petit que vous ne pouvez pas connaître, dis-je, sûre de moi.

— Vous savez, ça commence toujours comme ça. « Dans le s[ou]d dé l'Italie », « Entre Roma et Napoli » patati et papata et à la finalé, gé suis s[ou]r qué nous sommes voisins. Alors, da dove ?

Cela veut dire « d'où ? ».

— Bah, on est proche de Monte Cassino. Vous savez, l'Abbaye qui fut détruite pendant la Seconde Guerre mondiale. Le petit village s'appelle Casalvieri, c'est à une vingtaine de kilomètres de l'Abbaye.

— Eh ben, nous sommes voisins ! Nous, on vient de Sant'Elia. C'est giust'à côté !

— Mannaggia !!! Je n'en reviens pas ! dis-je toute contente.

« Mannaggia » veut dire « mince ! » en italien. On l'utilise à tout va là-bas, dans le bon sens genre « Mince, alors ! » ou bien pour dire mince, genre « merde ! » Oups.

— C'est souvent comme ça... ça arrive tout le temps ! dit-il en nous accompagnant vers une petite table loin des autres clients. Ça ira, ici ?

— Va benissimo, grazie !

— Vous voulez la chaise pour le piccolo ?

— Une chaise haute ? Bah si vous avez, ce serait super !

Nous sommes à peine installés qu'il faut accompagner les enfants se laver les mains. Je m'y colle pendant que Sèb regarde le menu, une feuille recto verso plastifiée.

Une fois que les mains sont lavées, Stella a envie de faire pipi. C'est toujours comme ça. Je dis :

— Mais tu ne pouvais pas me le dire avant ?

— Bah, tu m'as pas demandé, Maman !

— Évidemment...

Bon, elle a raison, la prochaine fois, je pose la question avant le lavage des mains. Avec Alex, c'est plus simple car il n'est pas encore propre. Encore faut-il que le restaurant soit équipé d'une table à langer, ce qui n'est pas le cas ici, petit point négatif.

Pour Stella, faire pipi dans les lieux publics, c'est comme faire un trou dans une forêt pour de jeunes scouts, autrement dit, c'est long et fastidieux. Après l'inspection oculaire du trône et de ses abords immédiats et ce, même s'il a l'air propre, je nettoie la cuvette avec du papier toilette humidifié, puis je superpose des feuilles dessus afin qu'elle puisse poser ses fesses. Parfois, la petite commission se transforme en grosse, il faut alors essuyer les fesses et espérer que le papier ne se déchire pas au moment fatidique. Que du bonheur !

Enfin assis. J'ai faim ! L'odeur des pizzas au feu de bois flotte dans toute la salle. Je balaye le menu et constate qu'il n'y a pas de menu enfant. Ce n'est pas grave. On trouvera bien quelque chose.

— Vous avez choisi ? demande le serveur.

— Qu'est-ce que vous voulez manger les enfants ?

— Des frites ! répond Stella.

Bah tiens ! J'aurais dû m'en douter. Qu'elle veuille des haricots verts aurait été surréaliste.

— Bah on ne va pas manger des frites, ma puce. On est dans une pizzeria. Tu peux prendre une pizza ou alors des pâtes, comme tu veux !

— Bah alors une pizza ! Avec plein d'olives noires dessus.

— OK. Et toi, Loulou ?

— Des pâtes ! répond Alex.

Eh bien, je commence à me demander si cet enfant aimera un jour autre chose que des pâtes !

Mes enfants ne pensent jamais aux légumes. C'est sûrement de ma faute. À force de choisir la facilité, je leur donne de mauvaises habitudes. Si j'avais été à la maison, j'aurais pu leur faire une soupe. Non, pas une soupe maison mais une soupe toute prête. Ben quoi ? Elles sont très bonnes, les briques ! Franchement, vous avez le temps de faire des soupes maison, vous ? Bref... le serveur est toujours là. Il dit :

— Très bien. Et en boisson ?

Je lui crierais bien une bouteille de Lambrusco mais ce ne serait pas raisonnable.

— Un *Coca Zéro* pour moi, demande Sèb.

— Ah oui du Coca ! crient les enfants à l'unisson.

— Non, pas question ! dis-je en fusillant Sèb du regard. Quelle bonne idée ! Du Coca, le soir...

— Un ti' peu si to plè ? supplie Alex.

— Non, pas de Coca ! tranche Sèb. Cela empêche de dormir. Annulez le Coca, on prendra une carafe d'eau.

— Très bien, merci.

Les enfants boudent mais cela ne dure que quelques secondes. Ils sont surexcités. Avec Sèb, on ne se parle quasiment pas. Toute notre attention est focalisée sur l'enfant. Un chacun. Pour l'instant, Sèb s'occupe de Stella. Il a retourné le set de table et griffonne des trucs dessus pendant qu'elle dessine. Heureusement, j'ai toujours un ou deux stylos qui traînent au fond du sac.

Quant à Alex, ses dessins dépassent largement de la feuille. J'essaie de recadrer sa créativité pour éviter qu'il écrive sur la table. Il veut se lever. « Non, reste assis », « Ne bouge pas ! », « Ne crie pas ! On est au restaurant », « Chut », « Tiens-toi bien », « Arrête », « Calmez-vous »... Pfff, c'est exténuant. Il ne tient pas en place sur cette chaise haute, je finis par l'asseoir sur mes genoux où il restera tout le repas.

Je zieute les autres personnes qui dînent pour m'assurer que nous ne sommes pas trop bruyants mais leurs regards en coin disent tout le contraire. Je suis certaine qu'ils se demandent comment des parents du XXIe siècle peuvent avoir l'idée de dîner au restaurant en semaine avec des enfants ?

Lorsque j'étais enfant, nous allions rarement au restaurant. J'ai beau essayer de me rappeler, nous mangions « dehors » uniquement pour des occasions familiales d'envergure : baptême, communion, éventuellement anniversaire, mariage avec un minimum de cinquante convives. Tous nos dîners se faisaient en famille devant le feuilleton du soir : *Santa Barbara*. Eden, Warren, Kelly, Cruiz, Channing, Messon... faisaient presque partie de la famille, ils ont bercé mon enfance. C'est drôle que je me souvienne encore de leur prénom.

Sortir pour manger n'était pas dans nos habitudes sauf lorsqu'on était invités (ou que l'on s'invitait à l'improviste) chez les oncles et tantes ou bien chez les amis italiens de mes parents. On faisait de grandes tablées où l'on disposait tout ce qui était dans le réfrigérateur. On improvisait des pique-niques géants où chacun picorait ce qu'il voulait. C'était toujours très convivial. Les adultes parlaient fort entre eux et nous, entre cousins, nous jouions durant des heures.

Parfois, le vendredi soir, on allait manger à la cafétéria d'*Euromarché* après avoir terminé nos courses. Je m'en souviens bien car de là, on voyait les atterrissages des avions de l'aéroport d'Orly. C'était une sorte de récompense mais cela restait très occasionnel.

J'avais seize ans lorsque j'ai traîné mes parents au *McDonald's* pour la première fois. Oui, c'est moi qui les ai convaincus d'y aller. Je voulais leur faire découvrir quelque chose. Et quelle découverte ! me direz-vous. Nous étions en promenade dans un centre commercial et à l'heure de déjeuner, j'avais insisté pour manger au *McDo*. Je choisis les menus pour toute la famille, j'étais fière ! Ils n'ont sûrement pas été séduits car la fois suivante s'est produite près de vingt ans plus tard, avec leurs petits-enfants, c'est-à-dire il y a peu de temps. J'ai donc rarement, pour ne pas dire jamais, eu l'occasion de mettre mal à l'aise mes parents dans un restaurant.

— Tu aurais pu prévoir quelques jouets ? dis-je à Sèb, sur un ton réprobateur.

— Je n'avais pas prévu qu'on irait au resto, me répond-il. De toute façon, t'es jamais contente !

— Oui, bon, avec des jouets, cela aurait été sans doute plus calme. On devrait toujours en avoir dans la voiture, au cas où, comme les couches, tu vois ?

— Ah bon, il y a des couches dans la voiture ?

— Bah, tu n'as pas pris le sac à langer ? dis-je en chuchotant pour ne pas donner l'envie à Alex de passer à l'acte.

— Bah non...

— OK, espérons qu'on n'en ait pas besoin.

Le repas est servi. Miam. Ma pizza est succulente ! Je lui donne un 9 sur 10. Sèb se régale aussi avec sa « quatre fromages ». J'ai découpé la pizza de Stella en petits morceaux et Alex se débrouille comme un chef avec les penne. C'est l'avantage de la crèche, il est habitué à manger seul. Il ne se tache presque pas. Enfin, presque...

Pour le dessert, je choisis un grand tiramisu. C'est mon dessert italien préféré. S'il est véritablement fait maison, cela mettra définitivement le lieu dans ma liste de restaurants préférés. Le serveur l'apporte aussitôt. Rien à dire, d'aspect comme au goût, il est tout bonnement parfait ! Malheureusement, je suis obligée de le partager avec Sèb, qui a préféré ne pas en prendre puisqu'il est au... régime.

Il est temps de partir. Nous remercions chaleureusement le serveur pour cette immersion improvisée dans nos saveurs locales. Il mérite un super pourboire. Malgré ce moment agréable pour nos papilles, je suis fatiguée. Dans la voiture, je soupire et dis à Sèb :

— Je crois qu'il va nous falloir encore patienter quelques années pour apprécier d'aller au restaurant avec les enfants. Je suis crevée. Pas toi ?

— Un peu, mais je pourrai me reposer demain.

— Ah oui, c'est vrai. J'espère que je vais bien dormir.

— Bah, pour ça, t'aurais peut-être pas dû manger de tiramisu, Marie.

Il le sait en connaissance de cause. Une fois, en Italie, nous nous sommes endormis à 5 h du matin à cause d'un tiramisu au café, sûrement très serré, que nous avions mangé la veille. Je ne me méfie jamais assez des tiramisus.

— Oh, c'est vrai ! Mannaggia ! dis-je sentant déjà le stress de l'insomnie à venir. Pourquoi ne me l'as-tu pas rappelé ?

— Parce que tu es une grande fille et que tu sais ce que tu fais, me dit-il en soutenant mon regard.

J'ignore pourquoi, mais j'ai immédiatement pensé à Nick alors que je n'avais pas songé à lui durant tout le repas.

20

Les jours passent et se ressemblent. C'est déjà la routine « métro, boulot, dodo ». Carine continue de me dépanner le soir mais il va vraiment falloir que je songe à trouver une nounou dans le quartier. J'ai découpé quelques numéros de téléphone sur le petit panneau d'annonces lors de mon dernier passage à la pharmacie mais je n'ai pas encore franchi le pas de les contacter.

Sèb et moi ne faisons que nous croiser. Il rentre tard et voit à peine les enfants avant le coucher. Ensuite, je m'endors devant la télé, épuisée par tout ce que j'engrange intellectuellement dans la journée. Avec Maryse, nous poursuivons la passation, pour ne pas dire formation.

Voilà presque trois jours que Nick n'a pas donné signe de vie, en tout cas, pas à moi. J'essaie de tendre l'oreille quand Émilie est en communication téléphonique avec lui mais ce n'est pas évident. Lorsqu'elle vient nous voir dans mon bureau, je dis l'air de rien :

— Nick n'a pas laissé de message pour moi ?

— Non non, il voulait parler à la créa… faire le point… je ne sais pas trop en fait, me répond-elle, évasive.

— OK… Si jamais il rappelle, dis-lui que j'aimerais m'entretenir avec lui, s'il te plaît.

— Ben, pourquoi ne l'appelles-tu pas directement ? me suggère Maryse. Il a un portable ! C'est fait pour !

— Bah, parce que je ne souhaite pas non plus le déranger, voilà tout. Ce n'est pas si important que ça.

Je ne peux pas dire à Maryse que le sujet que je souhaite aborder avec lui est l'organisation de son pot de départ. Émilie a envoyé l'invitation par mail à tous ses contacts, collègues, partenaires et relations professionnelles avec qui elle a collaboré durant ces quinze dernières années. Jean, du café, est informé et le lieu est réservé. Nous prévoyons une centaine de personnes. J'ai contacté un décorateur pour théâtraliser l'endroit. Non pas que ce ne soit pas adapté mais j'ai pensé qu'un décor plus glamour serait plus approprié pour marquer le coup. J'ai aussi engagé un magicien pour divertir tout ce beau monde. J'en connais un sympa et charmant qui s'appelle Clément. Il avait travaillé pour moi lorsque je faisais de l'évènementiel. Son talent m'avait séduite. J'avais gardé sa carte de visite au cas où. C'est le bon moment de la ressortir. Nous avons également retenu le traiteur local pour un cocktail dînatoire de douze pièces, huit salées et quatre sucrées. Émilie m'a fait savoir que le budget était sans limites pour Maryse. C'est plutôt confortable, j'aime ce concept. Du coup, j'ai téléphoné à mon ami disc jockey « DJ Fab » pour nous mettre une ambiance de feu. Avec son style, c'est sûr, il y aura de l'amour dans l'air. La soirée aura lieu vendredi prochain, dans une semaine précisément. En attendant, c'est vendredi et dans ma tête, je ne peux m'empêcher de fredonner « C'est le week-end, ça y est, c'est le week-end, vive les super week-ends, c'est comme ça qu'on les aime, na na na na na na na na na… » Eh oui, vous l'avez reconnue, c'est l'incontournable tube de Lorie. Bon, OK, c'est pour les ados, mais franchement, elle a mon âge cette fille, non ? C'est comme de nier qu'on regardait le *Club Dorothée* alors qu'on se levait aux aurores le mercredi matin pour ne louper aucun dessin animé. Moi, j'assume ! Et vous ?

Bref… Maryse m'a perdue. Je suis dans mes pensées alors qu'elle me parle de période d'essai, de congé parental, de congés en tout genre mais rien n'y fait, j'ai décroché. Pendant ce temps, je suis à dos d'un cheval et j'en course un autre. Son cavalier semble être Sèb, puis Nick. Même si mes sentiments sont clairs, je ne suis pas tout à fait sevrée. Je peaufine ma stratégie pour que mon plan fonctionne mais de ne pas le voir me perturbe. Tout ce flirt intempestif m'a donné une certaine confiance. J'y prenais goût, sûrement. Mais suis-je guérie de lui ? Sortira-t-il de ma vie aussi facilement ? Je l'ignore.

Maryse essaie de rétablir la communication, je vois ses lèvres bouger mais je n'entends rien. Je souris bêtement. Elle répète :

— Marie, nous devrions nous arrêter là.

— Hein, quoi ? Comment ? Tu disais, pardon ?

— On va s'arrêter là, OK ? Tu devrais aller chercher tes enfants à l'école. En partant maintenant, tu arriveras à temps.

— Ah, tu es sûre ? dis-je en la tutoyant.

— Oui, vas-y. On a encore toute la semaine prochaine. Et puis, tu vois, ce n'est pas si compliqué d'être une directrice des ressources humaines.

— Hum hum… Bon ben merci. Je file alors. À lundi, Maryse. Merci encore pour tout ça, dis-je en me sauvant. Salut, Émilie ! dis-je en passant devant son petit bureau.

Je traverse l'open space où tous les salariés sont à l'œuvre. Je culpabilise un peu de partir si tôt alors usant de mes nouveaux pouvoirs de directrice des RH, je leur dis :

— Oyez ! Oyez ! Je vous invite à éteindre vos ordis et à rentrer chez vous ! C'est le week-end !

Ils me regardent comme si j'avais perdu la boule, puis ils se regardent entre eux, toujours comme si j'avais perdu la boule avant que Joël ne lâche en hésitant :

— Marie… euh… il n'est que 16 h 30.

— Ah oui, bon, ça fait peut-être un peu tôt mais bon… disons à 17 h, vous êtes tous partis, OK ?

— Bah, ça va être difficile, l'appel d'offres se termine lundi après-midi et nous ne sommes pas encore prêts, argumente Marion des relations presse.

— Bon, faites comme vous voulez. Bon week-end et bon courage. Ne vous tuez pas à la tâche. Il faut être reposé pour exceller !

Les portes de l'ascenseur se referment sur cette magnifique tirade. J'ai envie de me mettre des baffes. Je suis tout bonnement pathétique ! Je regarde la fille dans le miroir qui n'est autre que mon reflet et lui dis bien fort :

— Punaise, mais sur quelle planète tu vis, espèce de folle ?

« DING »

Les portes de l'ascenseur s'ouvrent et j'entends :

— Sur la planète Terre, bien sûr ! Pourquoi cette question ?

— Oh punaise, Nick ! Mais qu'est-ce que tu fais là ?

— Bah, c'est encore ma société, non ?

— Oui, bien sûr, évidemment, certainement, dis-je me sentant rougir à sang. Mais…

— Je suis venu pour finaliser notre prèz pour lundi. Je pense qu'on va bosser une partie du week-end.

— Ah… ah bon ? dis-je stupidement en repensant à mon souhait un peu plus tôt de faire stopper les équipes à 17 h un vendredi.

— Est-ce bien légal de faire travailler le personnel si tard et le week-end, Monsieur Martin[e] ?

— Je vois que le métier de DRH coule déjà dans tes veines, Madame Cort[é]. Ne t'inquiète donc pas, si nous remportons l'appel d'offres, ils seront grassement rémunérés.

— Bon, ben tant mieux alors. Si certains veulent partir à 17 h, ne leur en tiens pas rigueur, ce sera de ma faute.

— Quoi ? Pourquoi ?

— Laisse tomber ! Si tes équipes sont aussi consciencieuses que tu le penses, cela ne se produira pas. On en reparle lundi, Maryse m'a autorisée à aller chercher mes enfants, je ne veux pas être en retard.

— Je te dépose en scoot' ?

— Non, sans façon, Nick. Tu as du travail. Tu es venu pour ça. Je vais prendre le métro. Merci quand même.

— Tu m'as manqué ces quelques jours, dit-il tout doucement pour ne pas être entendu de Léa, qui fait semblant de taper frénétiquement sur son ordinateur.

— À lundi, Nick, dis-je en ignorant sa dernière phrase. Au revoir, Léa. Bon week-end !

— Merci, Madame, répond Léa en insistant sur le « Madame ».

Je la soupçonne de le faire exprès pour me rappeler ma situation maritale. Mais je m'en moque. Je m'en vais plus légère car j'ai manqué à Nick.

Allez, plus que huit jours et une autre occupera son esprit. Il faut que je m'y prépare.

21.

Je suis toujours extrêmement prudente lorsque je sors de cet immeuble. J'ai peur qu'un danger ne se présente au moment où je franchis la porte cochère. J'ai l'air débile à regarder à droite et à gauche avant de me lancer sur le trottoir. La voie est libre. Vite, je troque mes chaussures de femme contre mes ballerines et me lance dans le flot des gens. Je m'oriente vers le métro. J'ai cinquante minutes devant moi et j'ai oublié mon livre à la maison. C'est le moment d'appeler mes copines. Mais qui peut bien être disponible à cette heure-ci ? Je vais essayer de contacter Karo. J'attends toujours son appel depuis le début de la semaine. Je compose son numéro. Première bonne nouvelle : ça sonne. Deuxième bonne nouvelle : elle décroche. Waouh, un miracle à cette heure !

— Un instant, Monsieur Roche ! me dit-elle.

Bon, ce n'est pas gagné, elle doit être en réunion. Je l'entends dire « Vous m'excusez cinq minutes, c'est un appel hyper important, je reviens. »

Cette fille est folle. Elle me fait passer pour quelqu'un d'autre pour s'éclipser de sa réunion.

— Ah, Marie, enfin on peut se parler ! ça va ?

— Oui ça va mais toi, t'étais pas en réu ?

— Si, avec le comité de direction en plus mais je n'en peux plus, j'avais besoin d'air ! Ça tombe bien que tu m'appelles, dans trois minutes, j'allais prétendre devoir aller aux toilettes.

— Ah OK... bon, je fais vite alors. Tu sais, mon nouveau travail...

— Ah oui, punaise, mais quelle pote indigne je fais !!! Alors ton nouveau travail, ça te plaît ?

— Oui, oui, mais ce n'est pas là où je voulais en venir.

— Oh... Vas-y, dis ! Tu m'intrigues tout d'un coup !

— Le boss de la société, c'est Nicolas Martin.

— Nicolas Martin, c'est qui, ça ?

— Karo... T'es désespérante ! Nicolas Martin, il était au lycée avec nous, vous êtes amis sur *Facebook* !

— Ouais OK, enfin, amis sur *Facebook* ne veut pas dire grande chose, tu le sais bien !

— Oui, d'accord, mais souviens-toi, je suis sortie avec lui au lycée. Il a tout fait pour me retrouver. Tu lui as donné des nouvelles et quand il a su que j'étais sans emploi, il m'a embauchée dans sa boîte.

— Excellent !!

— Mouais, je ne dirais pas ça mais bon...

— T'es chiante avec tes mystères... vous couchez ensemble ?

— Quoi ? M'enfin, ça va pas, non !

— Oh, te fâche pas, je disais ça comme ça. D'ailleurs, je n'ai pas encore eu le temps de vous en parler. Je comptais le faire lors de notre prochaine soirée filles mais tant pis, je te le dis parce que si notre soirée filles se fait à la Saint-Glinglin, on est mal barrées. Je quitte JB.

— Quoi ? Tu quittes JB. Mais...

— Je vous raconterai tout ça bientôt. Il ne le sait pas encore mais je le quitte, c'est décidé !

— Tu as rencontré quelqu'un ? dis-je, abasourdie.

— Écoute, Marie, c'est compliqué. Il faut que j'y retourne mais promis, je t'appelle plus tard.

— Karo ! Karo ! Est-ce que Sabrina est au courant ? dis-je avant qu'elle ne raccroche.

Dans le groupe, Karoline et Sabrina sont les plus proches. Rien de ce qui concerne l'une n'échappe à l'autre.

— Pas officiellement mais elle sait que ça ne colle plus entre lui et moi depuis de nombreux mois. Je te laisse, Marie. Mais ne t'inquiète pas, je vais super bien ! C'est la meilleure décision que je pouvais prendre. Salut ! Bisous ! On s'appelle, hein ?

— Ah… OK… Oui… Bisous… dis-je quasi dans le vide.

Je n'en reviens pas. Karo quitte JB et je n'ai rien vu venir. J'ignorais même que son couple battait de l'aile. Mince alors… Et Nolan dans tout ça ? Je suis sous le choc. Pauvre JB, il n'est même pas au courant de ce qui lui pend au nez. J'appelle fissa Sabrina mais à cette heure-ci, elle doit sans doute récupérer sa fille à la crèche. Elle ne va pas décrocher. Elle décroche :

— Salut, Marie, comment ça va ?

— Ça va mais j'ai plein de trucs à te dire. T'es dispo ? Je suis sûre que t'es devant la crèche !

— Marie, on est vendredi et je ne travaille pas, je suis aux quatre cinquièmes, tu as oublié ? Alzheimer, toujours ? dit-elle avant d'exploser de rire.

— Oui, très drôle ! dis-je sans rire.

— Écoute, Sabrina, je voulais te parler de Nicolas Martin.

— Qui ça ?

— Pff… Nicolas Martin, mon mec au lycée, tu te souviens de lui ? Il était dans notre classe.

— Ah… Attends… « Nan, nan, Nina arrête, ne touche pas à ça ! Nina ! Chut ! Maman bavarde… » Excuse-moi, Marie, tu disais ?

Impossible de discuter avec des enfants dans les pattes. Je perds patience et me décourage.

— Bon, on se rappelle, OK ? Nina te réclame et moi, ça va prendre des lustres.

— Non, vas-y ! Tu disais Nicolas Martin ! Oui, je me rappelle vaguement de lui, il était raide dingue de toi. Je ne me souviens plus comment ça s'est fini entre vous. Bon, et alors ?

— Eh ben, c'est mon nouveau patron !

— Cool !!!! Quelle coïncidence !

— Bah, ce n'en est pas une, justement. Il était en contact avec Karo, il a su que je n'avais plus de boulot et il m'a fait embaucher.

— Bah, c'est super !! Cela s'appelle le réseau !

J'hésite à lui dire toute la vérité. À quoi bon ?

— Mouais, enfin, c'est un peu gênant comme situation. Mon ex est mon patron.

— Moi, je trouve ça super excitant !

— Sabrina, enfin ! Il ne se passera rien entre lui et moi. Il n'est pas question de ça !

— C'est ce qu'on dit !

— Tu me choques !

— Allez, je plaisante… « Nina, non ! repose ! repose !! C'est Tata Marie au téléphone. » Désolée, Marie, elle ne tient pas en place ! J'ai oublié de te dire qu'elle marche !

— Quoi ? Déjà ? Je n'ai pas vu le temps passer, cela lui fait combien de mois ?

— M'enfin Marie ? Ton Alzheimer te joue sérieusement des tours ? dit-elle en riant encore. Tu sais bien qu'on fête son anniversaire demain !

— Oh punaise, mais oui !!!! Que suis-je bête !

Je me rappelle maintenant la carte d'invitation que nous avions reçue pendant notre semaine au ski. Pour le premier anniversaire de Nina, Sabrina et son chéri ont prévu de réunir leurs proches, parents, beaux-parents, frères et sœurs ainsi que toutes les tatas adoptives : Karoline, Sophie et moi. Un an s'est écoulé… Que le temps file vite ! Et elle marche…

— Tu viens toujours, hein ? Avec les enfants, bien sûr ! Il y aura mes nièces, elles ont hâte de voir Stella.

— Oui oui ! Bien sûr qu'on vient ! Avec mon nouveau boulot, j'avais mis ça de côté. Désolée !

— Ça fait plaisir ! Je rigole… Tu voulais me dire autre chose ?

— Nan… Rien de grave. Puisqu'on se voit demain, on pourra se parler, enfin peut-être… Je te conseille de renvoyer un petit message à Karo. Je viens de l'avoir au téléphone et on n'a pas évoqué l'anniversaire de Nina. Je crains qu'elle n'ait oublié.

— Cela ne m'étonnerait pas !! Elle est débordée !

— Ouais ! Une vraie working girl ! Pire que moi ! Allez à demain.

— Yes ! Bisous !

— Bisous.

Les occasions de se parler franchement deviennent rares. Quand on se voit avec les enfants, on ne peut pas discuter et quand on se voit sans les enfants, soit on ne parle que d'eux, soit on est trop fatiguées pour aborder certains sujets.

Je lève les yeux pour regarder à quelle station je me trouve. Je descends à la prochaine. Je regarde ma montre, j'ai encore le temps de passer d'autres coups de fil, je vais appeler ma sœur. Sa zen attitude me fera le plus grand bien. Elle décroche et me dit :

— Salut, ma sœur, ça fait un bail !

— Tu m'étonnes ! Je suis dans le métro, je ne peux pas parler fort, dis-je en chuchotant.

Il me semble que tous les regards sont rivés sur moi. Intrigués par mes précédentes conversations, mes voisins de voyage en attendent davantage.

— Quoi de neuf ?

— Bah, que du vieux ! Léana est malade et Enzo nous fait ses dents ! C'est l'enfer, ces mioches ! Tant qu'on n'en a pas, on ne peut pas s'en rendre compte. Je suis au bout du rouleau !

— Bah Sandra ?! Tu ne parles jamais comme ça d'habitude. Ce serait plutôt mon genre de dire des trucs pareils.

— Je sais mais je suis… épuisée… dit-elle à la fois speed et déprimée.

— C'est un mauvais passage, ça va s'arranger. Regarde, moi ! Alex m'a fait vivre un enfer, eh ben, il dort vachement mieux depuis… quelques semaines, dis-je en touchant ma tête par précaution et/ou superstition…

— Je sais mais quand même… Parfois, j'ai envie de m'expédier sur une île déserte ! TOUTE SEULE ! hurle-t-elle à l'intention de je ne sais qui.

Au loin, j'entends Enzo qui hurle. Ce n'est peut-être pas le moment de discuter, tout compte fait.

— Je pense que Dino et toi avez besoin d'un petit week-end en amoureux. Maman et Papa se feront un plaisir de vous garder les enfants...

— Quoi ? Partir sans les gosses ? Ça jamais !

Ah, je retrouve ma sœur dans toute sa splendeur. Mais combien de temps tiendra-t-elle le coup ?

— OK Sandra, ne te fâche pas... Je crois que je vais te laisser, j'arrive bientôt et ça va sûrement couper. Courage, ma sœur, je suis passée par là, ça va s'arranger. Et n'oublie pas, tu as la chance d'avoir les parents à côté, profites-en plus souvent. En plus, ils adorent ça !

— OK, OK. Merci de ton appel. Embrasse tout le monde chez toi.

— OK, toi aussi. Ciao. Bisous !

C'est râpé pour la transmission de la zen attitude. J'ai rarement vu ma sœur dans cet état, elle qui a l'habitude de gérer une demi-douzaine d'enfants toute seule tous les jours. J'espère que tout va bien avec son mari. Mais oui, sinon elle m'en aurait parlé.

22.

17 h 45. J'arrive enfin devant l'école où les mères et nounous discutent joyeusement des activités organisées pour le week-end. Tellement absorbées par leur conversation, elles ne me voient pas et je ne cherche pas à m'imposer. J'aperçois Carine au loin.

— Carine !!!!! Coucou !! Je hurle volontairement pour perturber les dialogues des autres mamans présentes.

— Marie ! Que fais-tu là ? dit-elle en volant vers moi.

Bien sûr, c'est une image. Carine ne peut pas voler. Mais sa démarche semble lui donner des ailes. Elle est si belle, si gracieuse. Si j'étais un homme, à coup sûr, j'en tomberais amoureux.

— Salut ! dis-je en me jetant sur elle pour lui faire quatre bises bien sonores. J'ai été autorisée à partir plus tôt pour récupérer les enfants. Ils sont vraiment géniaux dans cette boîte. Le patron est super et la personne que je remplace est adorable.

— Waouh, t'en parles avec un tel attachement, cela ne fait pourtant qu'une semaine que tu y es. C'est fou !

— Oui, c'est vrai, Carine, mais je t'assure, l'ambiance est surréaliste. Je suis trop contente. Je ne pouvais pas tomber mieux !

Je suis certaine que vous avez parfaitement compris mon petit manège. Je continue de transmettre mes messages subliminaux.

— D'ailleurs, je voulais déjà t'en parler l'autre jour. J'aimerais que tu me rendes un service.

— Tu veux que je te garde les enfants encore quelque temps, c'est ça ?

— Non, enfin oui ! Si ça ne t'ennuie pas, c'est vrai que ça m'arrange bien. Je n'ai pas eu une minute pour trouver quelqu'un, alors oui, mais… ce n'est pas ça… dis-je pour attiser sa curiosité.

— Bah quoi alors ?

— Je voudrais que tu viennes avec moi.

— Mais où ? Quand ? Tu veux qu'on aille courir ?

— Non, du tout ! dis-je en éclatant de rire. Ce serait plutôt pour se divertir. Vendredi prochain, on fête le départ de Maryse, la dame que je remplace, et nous pouvons faire venir la personne de notre choix.

— Mais tu ne crois pas que tu devrais plutôt y aller avec ton mari ?

— Euh… Oui mais non. Si j'ai décroché ce poste, c'est surtout grâce à toi, alors je voudrais que tu m'accompagnes, toi ! Tu veux bien ? S'il te plaît, dis-je, implorante, en empruntant le même ton que la Roumaine qui fait la manche à la sortie du *Monoprix*.

— OK, OK. Tu as l'air d'y tenir. Maria gardera Mathis.

— Super. Préviens-la que tu rentreras très tard, dis-je en insistant sur le « très tard ».

J'espère même qu'elle ne rentrera pas du tout, si vous voyez où je veux en venir.

— Pourquoi très tard ?

— Parce que, chère Carine, j'envisage vraiment de fêter son départ comme il se doit ! Et fêter son départ, c'est fêter mon arrivée, tu vois ?

— Hum hum, dit-elle, peu convaincue par mon raisonnement.

— Très bien. Allons chercher nos enfants, dis-je, enjouée, en la prenant par le bras.

Mathis et Stella sont dans la même classe. Il fut son amoureux pendant un temps. Elle m'avait dit qu'elle avait changé d'amoureux et je la croyais mais lorsqu'on arrive dans la salle commune où sont réunis tous les enfants, ce que je vois me laisse définitivement croire le contraire. Stella et Mathis sont assis côte à côte et lisent sagement le même livre. Enfin, lire est un bien grand mot puisqu'ils sont en dernière année de maternelle. Ils sont littéralement collés l'un à l'autre. Carine me donne un coup de coude pour me montrer la scène.

— J'ai vu ! dis-je.

— Eh ben, on aura peut-être un mariage à organiser ?

— Peut-être bien ! Qui sait ? dis-je en souriant.

Ce n'est pas au mariage de Stella et Mathis que je pense mais au sien avec Nick. Allez, nous n'en sommes pas encore là. J'appelle ma fille :

— Stella, je suis là !

D'abord, elle rougit en me voyant, se lève et court pour me sauter dans les bras. On jurerait qu'elle ne m'a pas vue depuis des semaines. Elle m'écrase de ses trente kilos.

— Oh Maman, que je suis contente que tu sois venue me chercher.

— Moi aussi je suis contente ma chérie.

Je m'accroupis par terre pour me mettre à sa hauteur. Je la serre très fort et respire son odeur de fillette qui grandit trop vite. Je me fiche bien de ce que peuvent penser les autres parents. Viendra le temps où je ne pourrai plus aller la récupérer jusque devant la porte de sa classe. Elle ne voudra même certainement plus que j'approche de l'école, alors je profite de l'instant présent. Carine me tapote sur l'épaule :

— On va peut-être y aller, non ? Tu dois récupérer Alex.

— Ah oui, Alex, mon petit prince…

Nous faisons le chemin ensemble jusqu'au square où Stella et Mathis épuisent leur ultime énergie. Pendant ce laps de temps, je fonce à la crèche située à quelques mètres de là. Je croise le nouveau fiancé de Blandine, la mère de Capucine et de Gaston. Vous savez, celle qui pratiquait le sport en chambre avec son prof de sport. Enfin, sport en cabane serait plus approprié. C'est la première fois que je le vois vraiment. Il est plutôt bel homme, sûrement plus jeune qu'elle, il tient Capucine par la main comme si c'était sa propre fille. Il me tient la porte en me disant « Bonjour ! » Je réponds « Bonsoir » par pur esprit de contradiction. Je m'en veux de les avoir jugés. Et dire qu'il aurait pu m'arriver la même chose avec Nick… Personne n'est à l'abri d'un dérapage. C'est cela d'être trentenaire. Je chasse la mouche.

C'est l'heure de pointe à la crèche. L'accueil d'Alex est encore plus attendrissant que celui de Stella. L'auxiliaire me fait les transmissions en quelques secondes car d'autres parents attendent :

— Alex a passé une excellente journée. Il a tout mangé. Il a eu une selle normale. Il a fait de la pâte à sel. Voilà ! dit-elle un brin expéditive.

— OK. Merci !

— Bon week-end, Madame. Au revoir, Alex. À lundi.

— Au revoir ! dis-je. Viens par là mon loulou. Je veux te faire un gros câlin.

Je m'isole près des porte-manteaux. Je prends mon fils dans les bras et le serre très fort.

Je pourrais rester des heures comme ça mais ce n'est pas dans mon tempérament. Alex me repousse légèrement et ses yeux dans les miens, il me dit :

— T'es belle, chui amoureux, je t'aime.

— Ohhhhh… mon petit chat ! Tu peux le redire encore !!

— T'es belle, chui amoureux, je t'aime.

— Moi aussi je t'aime mon amour ! dis-je au bord des larmes.

C'est le plus beau jour de ma vie… Enfin, après mon mariage. Et aussi après la naissance de Stella, et puis la naissance d'Alex, bien sûr. Bref, c'est un moment inoubliable que je veux impérativement conserver dans ma mémoire à tout jamais. Alzheimer, fiche le camp, veux-tu ! Cette phrase, tu ne me l'enlèveras pas !

23.

« Joyeux anniversaire Nina !! »

Nous sommes tous réunis autour de Nina qui ne comprend rien à ce qui lui arrive. Elle nous regarde comme si nous étions des demeurés.

« Allez, souffle ! Souffle ! », mais Nina reste de marbre. Les enfants sont trop pressés et attendent l'autorisation d'un adulte pour éteindre la bougie à la place de la fillette. La plus jeune nièce de Sabrina ne tient plus et souffle une tornade de postillons sur le merveilleux gâteau à l'effigie de la Reine des Neiges. Dommage, il me faisait grandement envie jusque-là.

Je me sens comme chez moi dans la famille de Sabrina, alors je dis :

— Bon, ben, je n'en veux plus ! Qui veut ma part ?

— Moi non plus, dit Karo en s'esclaffant.

Tout le monde rit car ils nous connaissent bien et savent très bien que nous plaisantons. Quoique...

« Encore une fois ! » scandent les enfants. La petite bougie est rallumée maintes et maintes fois afin de satisfaire chacun d'eux. En effet, il neige sur le royaume d'Arendelle.

Sabrina court partout et il nous est quasiment impossible de lui parler. Je m'approche de Sophie pour lui demander des nouvelles de sa relation avec

Choupinou. Je suis d'ailleurs surprise qu'il ne soit pas venu, il doit certainement travailler au centre commercial.

— Alors Sophie, ça marche toujours avec Choupi ?

— Lasso ? Euh… Non, c'est terminé.

— Quoi ? Mais non ! Ça se passait super bien entre vous ! Que s'est-il passé ?

Je me rappelle son message vocal à Noël où elle me disait qu'elle vivait le grand amour avec lui. Entre-temps en convalescence, je n'avais plus eu aucune nouvelle.

— Ton pote, c'est un buffle ! dit-elle très énervée.

— Un mufle, peut-être ? dis-je sans vouloir la vexer.

— Mufle, buffle, peu importe ! Il a juste oublié de me dire qu'il était déjà avec quelqu'un, qu'il avait deux gamins et un troisième en fabrication. Bref, trois fois rien selon lui !

— Oh ! Ce n'est pas vrai ?! Quel c… Je suis désolée. Je l'ignorais, vraiment, je suis désolée, Sophie. J'ai toujours cru qu'il était célibataire.

— Mais tu n'y es absolument pour rien, Marie ! J'ai été une grosse truffe ! Il m'a plu tout de suite, dès que nous sommes arrivées devant la boîte. Pendant la soirée, j'espérais trouver un moyen d'aller lui parler. Je n'ai pas eu besoin de lui parler longtemps. En cinq minutes, j'étais comprise…

— Euh, tu voulais dire conquise. Oui, je comprends.

— Et puis, on n'allait jamais chez lui, il venait toujours chez moi. Je lui faisais confiance ! Je ne me suis pas méfiée… Il y a trois semaines, sa femme l'a appelé pour lui dire qu'elle avait des contractions. Elle hurlait tellement dans le téléphone que j'entendais tout. Il a essayé de me faire croire que c'était sa sœur. Mais quand une sœur dit à son frère, genre « Mon amour, bébé arrive, faut que tu viennes ! On doit aller à la mater ! », il ne faut pas me prendre pour un jambon ! Ah, les mecs, ils m'exaspèrent ! Je crois que je vais devenir bonne sœur...

— Euh, je te vois mal avec la soutane. Et le vœu de chasteté, tu l'oublies ? dis-je pour essayer de dédramatiser.

— Ah, oui ! Bon, ben, je trouverai bien quelque chose mais pour l'instant, je ne veux plus entendre parler des mecs ! Hein ? Parce que je te connais Marie, tu vas essayer de me caser avec je ne sais qui et franchement, ce n'est pas le moment ! Je suis une vraie tignasse !

— Tigresse, je présume. Mais OK, promis, Sophie ! Je ne jouerai pas les entremetteuses. De toute façon, je n'ai personne sous la main, dis-je en pensant tout de même à Nick.

Purée, cette relation l'a mise en un piteux état. Il vaut mieux que je change de sujet. Je dis :

— Et sinon, le boulot, ça va ?

— Euh... Tu veux une coupe de champagne ? dit-elle en se levant et en ignorant ma question.

J'en déduis que ce n'est pas la joie non plus. Pauvre Sophie, elle me fait de la peine. Je voudrais tellement qu'elle trouve chaussure à son pied. Ce n'est quand même pas sorcier à notre époque de trouver quelqu'un à aimer. Avec les sites de rencontres, les réseaux sociaux, les sorties, les collègues de travail et tout le toutim, comment est-il possible qu'on ne trouve personne ? C'est pourtant une jolie fille, indépendante, saine d'esprit, bon sauf aujourd'hui, j'avoue... Sa confusion verbale est surprenante. Bref, Sophie est vraiment une chouette fille ! J'ai du mal à comprendre. Elle revient, une coupe dans chaque main.

— Tiens ! Tchinou !

— Tchin, Sophie !

Pour noyer ma tristesse, j'avale cul sec la coupe qu'elle me tend. J'avais soif. Je n'ai jamais su apprécier le champagne, si je commence à le boire par petites gorgées, je n'aime pas son goût et abandonne ma coupe, ce qui est du gâchis. Je préfère le boire d'un trait, comme ça, il n'en reste rien et je peux m'en resservir une deuxième coupe.

Karo vient se joindre à nous. Elle est en nage. Elle dansait avec les enfants sur une chanson de *Kendji Girac.*

— Alors, ma poulette, pose-toi un peu. Raconte-nous tout. Que se passe-t-il avec JB ?

— Rien, depuis très longtemps justement. Je suis amoureuse, les filles !

— Oui, on le devine ! Et pas de JB visiblement. T'as perdu combien de kilos, hein ? dis-je en tripotant sa cuisse amincie.

Elle a l'air d'avoir dix ans de moins comme ça.

— Bah dix, en quatre mois.

— Qui te rend aussi épanouie ?

— Chut ! dit-elle en regardant autour d'elle pour s'assurer qu'il n'y a pas d'oreilles qui traînent. C'est le prof de judo de Nolan, dit-elle avec un grand sourire et les yeux qui pétillent.

— Oui !!!! jubile Sophie en tapant dans ses mains.

— M'enfin, Karo… On dirait une gamine. Et JB dans tout ça ? dis-je dans le rôle de la femme parfaite, irréprochable, donneuse de leçons et parfaitement rabat-joie.

— Je sais… Je vais lui dire bientôt. C'est prévu.

— Et alors ? demande Sophie, complètement survoltée par la nouvelle.

— Bah rien ! répond Karo.

— Comment ça ?! Maintenant tu nous dis tout sur le prof de judo de ton fils, dis-je, impatiente.

— Sexe, âge, poids, taille, monture… énumère Sophie alors que Karo et moi explosons de rire.

— Sexe masculin, Sophie, dis-je en reprenant mon souffle.

— À la bonne heure ! dit-elle. Quant au reste ?

— Une bombe, les filles ! Il est fabuleux, gentil, poli, adorable, beau, musclé, bien monté j'espère… étudiant, intelligent, soigné…

— Quoi ? Quoi ? Quoi ? Qu'as-tu dit ? Étudiant ? Mais Karo, quel âge a ce monsieur ?

— Bah… une vingtaine d'années, répond-elle en hésitant.

— QUOI ???!!! Sois plus précise, s'il te plaît ?

— Bon… bientôt vingt-trois… dit-elle en chuchotant. Mais je vous assure, il est bien plus mûr que JB et moi réunis !

— Comment ? dis-je en manquant de m'étouffer. Tu n'es pas sérieuse, là ?

— Si ! Marie. On s'aime mais pour l'instant on doit se rendre disponibles. Tu vois ?

— Euh… et comment s'appelle l'heureux élu ?

— Il s'appelle Vincent. C'est l'homme de ma vie, Marie.

— Et Sab, elle le sait ?

— Je vais lui dire tout à l'heure.

« Les cadeaux, les cadeaux, les cadeaux... » scandent les invités. Dans ma tête, c'est le foutoir. Ma copine flirte avec un gamin qui a dix ans de moins et elle plaque tout pour lui. C'est de la pure folie !

Je n'ai plus osé parler à personne de toute l'après-midi de peur d'apprendre d'autres nouvelles déroutantes. Il ne manquerait plus que Sabrina nous annonce son dépacs ou bien ses parents, leur divorce. C'est l'apocalypse, je vous dis ! La Terre ne tourne plus rond !

24.

9 h 24. Waouh, c'est carrément une grasse matinée. Voilà des siècles que le réveil n'a plus indiqué une heure si décente, un dimanche matin ! Et les enfants dorment toujours ! C'est un petit miracle, surtout de la part d'Alex. Il faut dire que l'anniversaire de Nina les a épuisés. Le goûter d'anniversaire s'est transformé en apéritif dînatoire. Sèb nous a rejoints et nous sommes rentrés super tard après avoir chanté, dansé… tout sauf parlé des histoires de cœur.

Je réveille Sébastien.

— Sèb ! Il est 9 h 30, tu dois te lever. Ton travail t'attend.

— Oh, Marie, c'est dimanche ! Cool Raoul !

— OK, OK… Mais viens pas te plaindre si tu te rendors.

— Parle moins fort, tu vas réveiller les gosses, dit-il en mettant sa tête sous l'oreiller.

— Trop tard, regardez qui va là !

Alex et Stella arrivent main dans la main. Leur autre main disponible traîne un doudou usé et certainement malodorant. Ils sont trop craquants.

— Bonjour, mes amours ! Venez dans le lit, on va vous faire une petite place. Pousse-toi un peu, Papa !

Sébastien grogne car il voulait finir sa nuit mais personnellement j'adore ce moment où l'on se retrouve tous les quatre dans le lit. Je ne l'échangerais contre rien au monde. Cela me rappelle mes dimanches matin lorsque j'étais moi-même une enfant. Avec Sandra, on se levait et on allait faire le café qu'on apportait au lit à nos parents. Ensuite, on se faufilait sous les couvertures et on restait près d'eux à papoter de tout et de rien.

— Yé pas yéveillé les adutes, me dit Alex.

À force de répéter chaque soir la même chose, le message de « ne pas réveiller les adultes » a fini par être intégré. Alléluia !

— Oui, c'est vraiment bien, mon amour. Je vais te mettre une croix.

Explications. Depuis peu, grâce aux conseils de ma super coach en tout genre, nous avons mis en place un système de croix pour récompenser la bonne conduite des enfants. Super Nanny n'a qu'à bien se tenir, voilà un truc à reproduire chez vous.

Dessinez un escargot (ou bien imprimez-le depuis Internet), tracez des cases au niveau de sa « maison » et glissez-le dans une pochette plastique. À chaque fois que l'enfant fait quelque chose de bien, mettez une croix dans la case ! Inversement, s'il se tient mal, désobéit, crie, fait un caprice, répond ou que sais-je ? enlevez une croix ! Lorsque toutes les cases sont cochées, offrez-lui un petit cadeau. Au début, on s'imagine offrir des cadeaux à tout va, mais je vous rassure, on enlève plus de croix qu'on n'en met ! Les résultats sont probants ! Mais revenons à nos moutons.

— Moi aussi, je veux une croix, Maman ! rouspète Stella.

— Vous aurez chacun une croix, mes amours ! Je suis généreuse ce matin et tellement contente que vous vous soyez réveillés tard. Allez, on se lève, on va prendre le petit déjeuner car ce midi, on va manger chez Papy et Mamie.

— Papy et Mamie qui ? demande Stella.

— Papy Antoine et Mamie Lidia. Nous irons chez les autres Papy et Mamie dans l'après-midi.

— Y'aura les cousins ?

— Oui, je suppose.

— Super !

C'est un week-end consacré aux amis et à la famille. Je n'ai pas le temps de songer à Nick, Carine, Maryse, à l'appel d'offres à l'agence, ni à la fête de vendredi. Cela faisait des lustres que je n'avais pas vu les miens. Bon, OK, j'avoue… tout est relatif. Cela fait à peine quinze jours pour les parents et un peu plus pour ma sœur et mes beaux-frères et belles-sœurs. Pas de quoi en faire un drame mais… ils me manquent. J'ai besoin de les voir souvent.

Pendant que les enfants regardent la télé en mettant des miettes de gâteau un peu partout, moi, je passe l'aspirateur. Sèb s'est rendormi, le bougre. J'en étais sûre. Même le bruit de l'aspirateur n'y fait rien.

— Sèb, lève-toi !

— Quelle heure il est ? finit-il par marmonner.

— 10 h 10 ! Je ne suis pas l'horloge parlante…

— Quoi ? dit-il en sautant du lit. Mais pourquoi tu me lèves si tard ?

— Hey, oh, je ne suis pas ta mère ! Je t'avais prévenu, tu n'en fais qu'à ta tête.

Sèb se dirige fissa vers la salle de bains. Je continue de passer l'aspirateur partout, en T-shirt de nuit.

— Maman, on n'entend rien !

— J'ai bientôt fini, dis-je, heureuse que cet exercice matinal m'ait fait un peu transpirer.

Je m'affale un instant sur le canapé. Alex vient se blottir dans mes bras et pose sa tête sur ma poitrine. Stella, jalouse, rapplique aussitôt. Elle aussi cherche à se frayer un chemin sur mon bidon.

— Maman, ton ventre, il est tout mou !

— Je sais, ma puce, je sais...

J'ai perdu tout espoir de retrouver un ventre ferme. J'envisage sérieusement de reprendre la course à pied mais avec mon emploi du temps et celui de Sébastien, j'ignore quand je pourrai m'y remettre. Peut-être devrais-je le suggérer à Émilie, entre midi et deux ? Ou bien à Nick, pourquoi pas ?

25.

Lidia nous a préparé un succulent couscous. Tout en boitillant entre la cuisine et la tablée, elle s'est occupée de nous comme une mère chatte s'occupe de ses chatons. Je ne vous apprends rien en vous disant qu'un couscous n'est pas un plat italien mais tout ce qui passe entre les mains de Lidia est merveilleusement bon. Miam ! J'en salive encore malgré la quantité disproportionnée déjà ingurgitée au déjeuner. Sans compter celle que je pourrai encore manger dans un avenir très proche avec le *Tupperware* rapporté pour la gamelle. Je sais... Vous pensez certainement que je suis une fayotte avec ma belle-mère mais non, je suis juste réaliste et honnête. Elle cuisine divinement bien par rapport à moi. Je suis même plutôt surprise que Sèb n'en attende pas davantage de ma part. Il n'a jamais critiqué mes compétences culinaires, très limitées. Je suis chanceuse.

En plus du *Tupperware*, j'ai ramené de ma sortie dominicale un magnifique mal de tête. Il faut dire que réunir douze personnes dont la moitié est âgée de trois à neuf ans garantit quelques traumatismes. Les enfants ont été surexcités. Heureux de se retrouver, ils n'ont pas arrêté de se chamailler, de se taquiner, de se bousculer, de s'aimer et de se détester. Alex a catégoriquement refusé de faire la sieste que j'ai tenté de lui imposer ; quant à Stella, j'imagine qu'elle a dû jouer à la bagarre avec ses cousins car je ne lui ai jamais autant vu de bleus sur le corps au moment du bain.

Du coup, je n'ai pas trouvé le courage d'aller chez mes parents à qui j'avais pourtant promis la traditionnelle visite dominicale. À 17 h 30, j'ai appelé ma mère :

— Salut M'man.

— Bah, ma fille, tu ne viens pas nous voir ?

— Oh, Maman, je suis désolée, j'avais prévu de venir mais il y a peu de temps que nous sommes sortis de table et si je viens maintenant, je vais me retrouver dans les bouchons.

— Bon, d'accord… dit-elle, visiblement déçue. Cela fait quinze jours qu'on ne t'a pas vue alors tu comprends, les petits nous manquent.

Je comprends surtout que les petits leur manquent, pas moi. Mais je fais comme si de rien n'était. C'est surtout une mauvaise tournure de phrase.

— Je m'en doute Maman. Je dirai à Sébastien de venir vous voir mercredi après-midi, OK ? Vous pourrez tenir trois jours ? dis-je un peu ironiquement.

— S'il le faut ! Sinon, venez manger vendredi soir, tous les quatre.

— Euh, vendredi, je ne pourrai pas. Nous faisons une fête au travail, pour le départ de la personne que je remplace.

— Ah, une fête ? Méfie-toi des fêtes au travail, ma fille. C'est la famille avant tout, tu le sais !

Je reconnais bien là la mère italienne et protectrice qui n'a qu'une idée en tête : veiller sur sa famille en l'isolant des dangers potentiels, les hommes notamment.

— Oui, Maman, je sais. Ça ne durera pas longtemps. Allez, je te laisse, embrasse Papa pour moi.

— Embrasse mes petits chéris et passe le bonjour à Sébastien.

— D'accord. Ciao !

— Ciao !

En me remémorant cette conversation, le blues du dimanche soir fait son apparition. Je ne suis pas sujette à ce symptôme habituellement mais cette semaine s'annonce cruciale. De quelle façon va évoluer ma relation avec Nick ? Comment survivrai-je sans Maryse à mes côtés ? Carine et Nick seront-ils compatibles ? Sèb se doutera-t-il de quelque chose ??? Que de questions existentielles qui me minent.

Lorsque Sébastien rentre du travail vers 20 h, les enfants sont déjà au lit. Il me dit :

— Pourquoi as-tu couché les enfants si tôt ?

J'ai envie de lui rétorquer « pour avoir la paix » mais il risquerait de mal le prendre, alors je lui réponds :

— À vrai dire, je n'ai pas regardé l'heure. Ils étaient épuisés. Ils ont passé l'après-midi à hurler et à courir. Je peux t'assurer qu'ils ne se sont pas fait prier pour une fois.

— OK. Et sinon, je mange quoi ?

— Euh… du couscous, ça te dit ?

— T'as pas plus lourd ? dit-il, plein d'ironie.

— Écoute, je suis désolée, je ne t'ai rien préparé car on est sortis de table vers 16 h. Je n'ai pas fait à manger

ce soir. Les enfants ont bu un biberon et hop, au dodo !
Mais si tu préfères, tu peux te faire chauffer une soupe.

— Oui, je préfère.

Super ! J'ai mon déjeuner pour demain.

— Je vais embrasser les enfants ; s'il te plaît, tu peux
me la réchauffer ? reprend-il.

— Mais bien sûr, mon amour.

J'entends les derniers chahuts et appréhende qu'ils
me demandent de remonter pour un énième bisou. Je
n'ai qu'une envie, faire la larve sur le canapé. Je dois
encore ramasser mon linge, étendre une machine et
vider le lave-vaisselle. Ce week-end m'a épuisée et la
semaine s'annonce rude. Courage épouse, mère et
working girl.

26

Deuxième lundi de ma carrière chez « J'étais elle ». Maryse m'attend près de la machine à café. Pour elle, la fin est proche. J-5 exactement. D'ailleurs, ça se sent. Elle porte une tenue décontractée, du genre « *Friday wear* ». Son jean slim lui va à ravir et son chemisier blanc est très chic, laissant deviner le galbe de sa poitrine. Elle est vraiment belle, j'ignore combien d'heures de sport elle a dû faire par le passé pour entretenir une telle silhouette. Sans vouloir être méchante, elle doit être ménopausée depuis un moment. Quel est son secret ? La question me démange mais j'essaie de me rappeler les règles de bonne conduite : « Réfléchis avant de parler. Abstiens-toi de poser les questions inutiles ! »

Pourtant, quand j'arrive à sa hauteur pour lui faire la bise, la question sort de ma bouche sans que je puisse l'en empêcher :

— Maryse, vous êtes magnifique, comment faites-vous pour avoir une telle taille de guêpe ?

— Ah, ah, ah ! Merci ! explose-t-elle de rire avant de prendre un air grave.

— Pardon, c'est indiscret de ma part, je n'aurais pas dû. Excusez-moi ! Je veux dire : excuse-moi.

Je ne m'y fais pas, j'oublie systématiquement si nous sommes passées au tutoiement réciproque.

— Marie, la réponse à ta question est simple. Je n'ai jamais eu d'enfant. Voilà pourquoi.

— Ah, mince, désolée.

— Ne le sois pas, ma chérie. C'est la vie.

Tiens, voilà que je suis sa chérie, maintenant. Il ne manquerait plus qu'elle me caresse la joue et ce sera la situation la plus embarrassante de ma vie. Eh bien là, devinez quoi ? Comme au ralenti, elle saisit l'une de mes mèches rebelles pour la repositionner derrière mon oreille. J'essaie de contenir un mouvement de recul. Son geste, bien que très maternel, me met mal à l'aise. Je dis :

— Si ! Je suis désolée de t'avoir posé cette question.

— Suis-moi ! dit-elle en se dirigeant vers son bureau, enfin mon bureau. Je vais t'expliquer.

Je hausse la main et feins un sourire pour saluer les membres présents sur le plateau. Je réalise que les collaborateurs qui ne sont pas à leur poste sont sûrement en train de bûcher sur l'appel d'offres avec Nick. Maryse reprend son récit pendant que j'enlève mon manteau.

— Marie, à un moment donné dans ma vie de femme, il m'a fallu faire un choix. Le travail ou la famille. J'ai tout donné à cette société et je suis fière d'avoir aidé Nicolas à la faire grandir. D'ailleurs, même si je n'ai pas eu d'enfant, lui, je l'ai toujours considéré comme tel. Tu as vraiment cru que j'étais sa marraine ?

— Euh...

Bien sûr que je l'ai cru, je suis la personne la plus naïve qui soit ! Je gobe littéralement tout ce qui est crédible. Elle reprend :

— Nicolas n'est pas mon filleul. J'étais la meilleure amie de sa mère. Elle est morte d'un cancer. Il avait tout juste vingt ans. On n'a rien vu venir. Un jour, elle m'a dit qu'elle avait une boule dans le sein. *A priori*, rien de méchant, sauf que six mois plus tard, les métastases ont envahi ses poumons. En quinze jours, elle n'était plus de ce monde. Son père s'est remis rapidement du décès de sa femme mais Nicolas ne l'a pas supporté. C'est à ce moment-là qu'il a décidé de quitter la France. Il voulait fuir pour ne plus souffrir.

— Et Nico était fils unique si je me rappelle bien ?

— Oui, Marie. Il n'avait plus de famille pour ainsi dire, alors je ne l'ai plus lâché. Même lorsqu'il était à l'autre bout du monde, nous correspondions quasiment tous les jours. Et quand il m'a parlé de son projet de revenir et de fonder cette société, j'ai dit OK ! J'ai quitté un poste de responsable administrative et financière d'une PME dans laquelle je n'étais plus heureuse, et par la même occasion le PDG dont j'étais la maîtresse.

— Hum… Pardon ? Enfin, je veux dire, tu n'es pas obligée de me dire tout ça…

— Cela me fait du bien d'en parler aujourd'hui. Tu es son amie et par conséquent tu deviens mon amie aussi. Dans cinq jours, je ne ferai plus partie des effectifs de cette entreprise, laisse-moi donc te dire ce que je veux. Pierre s'est bien fichu de moi à l'époque. Il disait qu'il allait quitter sa femme pour moi. Et moi, je l'ai cru. Je l'attendais et puis, un jour, mon horloge biologique est tombée en panne. Sans enfant, j'avais deux possibilités : me foutre en l'air ou bien vivre, quitte à vivre sans lui. J'ai choisi la deuxième solution. J'ai noyé ma peine dans le travail et le sport. Tu vois, je n'ai vraiment aucun mérite !

— J'espère que tu plaisantes ? dis-je en étouffant un sanglot naissant. Tous ces sacrifices pour...

— Rien ? Non, Marie. Je souhaite que Nick trouve enfin l'amour, le vrai et qu'il me donne des petits-enfants car si je n'ai pas vraiment été sa mère, j'ai hâte de jouer la grand-mère avec les siens. Pour le reste, j'ai bien vécu, je n'ai aucun regret. Et puis, avec ce corps, je ne devrais avoir aucun mal pour trouver des mâles, dit-elle dans un geste théâtral et retrouvant tout son sens de l'humour.

— Si tu veux, je peux essayer de te trouver quelqu'un ?

— Non, sans façon, chère Marie ! Tu as d'autres chats à fouetter ! Je te signale que tu viens tout juste d'être embauchée dans une entreprise hyper dynamique, en croissance, alors ce n'est pas le moment de se distraire !

— OK, chef ! dis-je en faisant un salut militaire.

Nous avons explosé de rire toutes les deux et nous sommes remises au travail afin d'optimiser les heures qu'il nous restait ensemble.

27

Vers 13 h, Nick a débarqué dans notre bureau sans qu'on s'y attende. Il nous a regardées l'une après l'autre puis a pris Maryse dans ses bras, l'a fait virevolter dans les airs en criant « On est au deuxième tour ! » Il l'a reposée délicatement, m'a regardée intensément. J'ai cru un moment qu'il allait me faire vivre la même expérience mais il s'est retenu. Il m'a fait une bise au ralenti, me sniffant chaque joue sans dire un mot. J'ai brisé le silence :

— Waouh ! C'est super ! Félicitations !

— Attends, rien n'est encore gagné, le second tour est mercredi. On doit retravailler certains aspects de la marque mais je le sens bien. Tout me sourit en ce moment ! dit-il en me regardant avec insistance.

— Est-ce qu'on peut vous aider ? N'aurais-tu pas besoin d'une touche féminine dans ta réflexion ? demande Maryse.

— Oui ! Je dirais même de deux touches féminines, dis-je, fière de mettre mes anciennes compétences à contribution.

— Excellente idée !!!! Pour le moment, on va déjeuner, je vous invite ! Et après, on se met au boulot ! Marie, tu devrais prévenir ton mari ; ce soir, tu risques de rentrer tard !

Aïe ! Voilà, je n'avais qu'à y penser avant. Je n'ai plus qu'à prévenir Carine. Sèb se fera une joie de croiser à nouveau son chemin. Grrrr !

— OK, dis-je.

— C'est parti !

— Je passe par le petit coin et vous rejoins en bas, OK ?

— D'accord, à tout de suite.

Assise sur le trône pendant que je fais pipi, j'envoie un SMS à Carine : « *Salut, Carine, je suis navrée, mon boss me demande de rester plus tard ce soir pour bosser sur un appel d'offres. Tu peux garder mes enfants, STP ? Promis, je recrute une nounou dans les 24H !* »

La réponse ne se fait pas attendre.

Elle : « *OK. À quelle heure penses-tu être de retour ?* »

Moi : « *Aucune idée, sorry. Je vais demander à Sèb d'annuler son foot.* »

Elle : « *Non, non, il le prendra mal ! Je garde tes enfants. Si tu veux, ils peuvent même dormir chez moi ?* »

Moi : « *J'espère que ce ne sera pas nécessaire. Je suis désolée Carine. Vraiment, merci !* »

Elle : « *De rien, on se tient au courant, d'accord ?*

Moi : « *OK, bizzz* »

J'entends toquer à la porte. Je crie : « C'est occupé ! »

— Marie, t'es toujours là-dedans ?

On dirait la voix de Nick. Non ?! Il n'a quand même pas osé ?

— C'est qui ? dis-je, connaissant déjà la réponse.

— C'est moi, Nick.

— Oh, Nick, tu exagères quand même ! On ne peut même plus aller aux toilettes en paix !

— Bah, on t'attend depuis tout à l'heure, je venais vérifier si tout allait bien !

— Oui, bien sûr que tout va bien ! Tu m'as pris pour une désespérée ou quoi ? Sors de ces fichus WC ! Tu es exaspérant, Monsieur Martin[e] !

— Pardon... Je sors.

— Oui c'est cela ! Disparais !

À l'accueil, Léa continue de me snober. Je m'en fiche complètement. Si elle me prend pour une rivale, c'est son problème.

— Nous allons déjeuner, Léa. Nous sommes joignables sur nos portables, lui dit Nick.

— À plus tard ! lance Maryse.

— Bon appétit ! répond-elle.

— Merci, disons-nous à l'unisson.

28.

Nous avons déjeuné dans une brasserie située dans une rue parallèle du boulevard principal. Je suis repue. C'est agréable de prendre l'air. Le mois de mars est décidément clément avec nous. Pour l'instant, les giboulées nous ont épargnés et j'envisagerais presque de sortir mes chaussures printanières du placard. Cela dit, je ne me fais aucune illusion, la météo parisienne est capricieuse, presque autant que les Parisiens eux-mêmes. Enfin, si le soleil se faisait voir plus souvent, je suis certaine que nous serions de bien meilleure humeur. C'est ainsi !

Le déjeuner a été très agréable. Nick nous a expliqué les enjeux de l'appel d'offres et sa problématique.

Il y a quelques mois, alors qu'il prenait son café chez Jean, il a fait la connaissance d'un jeune créateur. Sans trop savoir pourquoi, il l'a pris en sympathie. Le jeune lui a montré son book, une collection de vêtements mixtes. Il lui a expliqué son projet global. Il avait rendez-vous avec son banquier et il a jugé Nick compétent pour tester son discours. Quelques cafés plus tard, Nick lui a tendu sa carte et proposé son aide. Et voilà comment « J'étais elle » s'est retrouvée dans la compétition. Il faut tout concevoir jusqu'à l'aménagement du premier magasin qui ouvrira près de *Châtelet*, le logo, la publicité, les relations presse… C'est tout simplement passionnant. Nick est très enthousiaste. Je bois ses paroles. Il déborde d'un dynamisme contagieux. L'autre agence, également retenue pour le second tour, ne semble pas l'inquiéter. J'espère qu'il ne sera pas déçu.

Le sujet a monopolisé une bonne partie du repas. Maryse et moi étions ravies de l'écouter. Ensuite, nous avons parlé de nos dernières sorties culturelles, les expos et aussi les derniers blockbusters vus au cinéma. Pour ce qui me concerne, c'est bien simple, je n'ai plus mis les pieds dans un cinéma depuis plusieurs mois. Je ne parviens même plus à me souvenir quel est le dernier film que je suis allée voir. Pour finir, Maryse nous a parlé de ses projets, des voyages et encore des voyages…

À un moment, elle s'est rendue aux toilettes, laissant la possibilité à Nick de me questionner au sujet de son pot de départ :

— Je profite que Maryse se soit absentée… Tout est OK pour vendredi soir ?

— Oui, je crois ! Ce sera une super fête. On a mis le paquet !

— Et à propos du paquet, justement… je veux dire… le cadeau ? Je n'ai rien vu circuler. C'est quoi ?

— Péütéaïène ! Le cadeau ! J'ai zappé ! Mince…

— Bon, pas de problème, on fera une boîte et chacun mettra ce qu'il voudra.

— C'est nul !

— Ah ?!

— Oui, c'est nul, elle mérite un peu mieux, quand même. Je vais appeler Émilie, qu'elle s'y mette de suite tant que nous ne sommes pas là. Et j'espère que tu as une ligne budgétaire dans laquelle nous pourrions piocher un petit complément ?

— Eh ben, Madame Corte, tu as l'air de savoir ce que tu veux, quand tu veux !

— N'est-ce pas, hein ? dis-je à Nick puis… Oui, Émilie, c'est Marie. On a zappé le cadeau pour Maryse !... Ah… D'accord… Tu es fabuleuse… Merci, Émilie. Oui… À tout de suite, nous sommes au café, dis-je avant de raccrocher.

— Alors ?

— En fait, Émilie s'en était déjà chargée depuis longtemps…

— Se charger de quoi ? demande Maryse que je n'ai pas vue arriver dans mon dos.

— Euh non, rien de spécial, un truc pour moi, que je lui avais demandé, pas du tout important… dis-je en rougissant. Je cherche une nounou.

— Une nounou ? Tu te moques de moi, non ? Je sais bien que vous mijotez quelque chose dans mon dos. Ce n'est pas au vieux singe qu'on apprend à faire la grimace, hein ?

— Allez, on y va ! Le travail nous appelle ! lance Nick pour couper court à la conversation.

En partant, il me souffle à l'oreille : « En attendant, je n'ai vu aucune enveloppe. Tu diras à Émilie de passer me voir. »

29

Maryse et moi avons attendu toute l'après-midi que Nick vienne nous dire qu'il était de nouveau prêt, avec l'équipe, à travailler les derniers points du dossier. Au lieu de cela, vers 19 h 30, il est venu dire à Maryse qu'elle pouvait rentrer chez elle.

— Maryse, rentre chez toi ! Tu nous as consacré assez de temps toutes ces années. Je ne compte pas te monopoliser plus longtemps ! Ouste, du vent !

— Mais… essaie de rétorquer Maryse, qui était somme toute très intéressée par le contenu du projet.

— Il n'y a pas de mais ! Ici, c'est moi le patron ! Marie, dans mon bureau dans cinq minutes. Et que je n'aie pas à venir te chercher dans les toilettes ! dit-il avant de quitter la pièce.

— Il a dit quoi, là ? dis-je, choquée.

— Laisse tomber Marie ! Il a aussi ses ragnagnas de temps en temps !

— Mais pour qui il se prend ? dis-je, renfrognée. Il va comprendre à qui il a affaire ! Non mais !

— Moi, j'y vais. À demain, dit-elle en enfilant son manteau.

Lorsque j'arrive dans le bureau de Nick, je m'attends à trouver toute l'équipe au complet. Mais où sont-ils tous passés ? Il est seul et regarde par la fenêtre. Il fait presque nuit. Que regarde-t-il ? Les arbres aux boules rouges, encore ? Une petite musique apaisante sort de je ne sais où. Je suis très en colère contre lui. Je dis, tout en claquant la porte pour la refermer derrière moi :

— Tu ne me parleras plus jamais comme cela devant qui que ce soit ! C'est compris ?

Il explose de rire et pivote. Il tient deux coupes de champagne et s'approche. Les bras m'en tombent et mon calepin me glisse des mains.

— Mais tu fais quoi, là ? dis-je en le ramassant. C'est quoi, ce traquenard ?

— Traquenard, dis-tu ? Les autres sont partis. On a travaillé comme des fous, tout le week-end et toute la journée. Ils ont mérité leur soirée. Et puis… je voulais passer un petit moment avec toi, m'assurer que tout se passe bien…

— Nick, tu deviens pénible. Je croyais que tu avais compris… dis-je sur un ton désespéré. En fait, tu n'as rien compris du tout ! dis-je encore plus énervée.

— Tu te trompes, Marie. Je t'assure que c'est en toute amitié…

— Bien sûr et la prochaine étape, c'est quoi ? La promotion canapé ? Tu m'inquiètes vraiment ! T'es un malade !

— Je suis vexé que tu le prennes comme ça, dit-il.

— Franchement, regarde un peu la scène. Nous étions censés travailler. Je me suis arrangée pour qu'une copine garde mes enfants, encore ce soir ! Mon mari va rentrer et je ne serai pas là pour prendre le relais, alors qu'il doit aller au sport…

— Ah, ton mari fait du sport. Lequel ?

— Mais, on s'en fout du sport que pratique mon mari ! Là n'est pas le sujet ! Je te parle de toi, de moi, dans ce bureau avec ces coupes et cette musique, alors que je devrais être chez moi avec ma famille, en train de faire les bains et la popote. Tu me dragues, n'est-ce pas ?

— Euh...

— Ramène-moi chez moi !

— Euh... en scooter ?

— Non à cheval, patate ! dis-je en explosant de rire. Oui, en scooter bien sûr ! S'il te plaît. Je rentrerai plus vite si tu me raccompagnes. Tu veux bien ? dis-je en ayant complètement changé de ton et en buvant ma coupe cul sec.

— Tes désirs sont des ordres, Madame ! dit-il en reposant la sienne.

Pendant qu'il file dans les rues de Paris, je me promets que c'est la dernière balade que je fais dans son dos. C'est sans doute la raison pour laquelle je me cramponne à lui encore plus fort. Je veux graver cet instant dans mon jardin secret. Dans quelques jours, une autre prendra cette place et je l'aurai voulu.

Il n'a pas pris le même chemin que l'autre fois. Le trajet me paraît bien plus long. Il ne cherche pas à doubler les autres, il est prudent. Sa conduite est souple, son engin lui obéit. Mes idées se chamboulent et le champagne, que j'ai bu trop vite, me monte à la tête. Je resserre mon étreinte.

Nous longeons l'avenue de la Grande Armée et passons sur le rond-point des Champs-Élysées. L'Arc de Triomphe prend sa teinte nocturne. Nick prend l'avenue Kléber. Oui, c'est certain, il fait un détour. Il gagne du temps. Encore une stratégie pour grappiller quelques minutes en ma compagnie et dans son dos, il me fait vivre une virée des plus romantiques. Il contourne le rond-point du Trocadéro, va vers le pont de l'Alma où j'ai une pensée pour une princesse amoureuse et morte trop tôt, précisément en ce lieu. Je chasse la mouche mentalement. Je découvre la tour Eiffel et ne la quitte plus des yeux. J'adore la tour Eiffel, je ne me lasse pas de la regarder. Je la fixe quand tout à coup, elle se met à scintiller. Je sursaute. C'est bien simple, j'ai la tête dans les étoiles. Nick a senti mon sursaut.

— Ça va ? me demande-t-il.

— Oui ! On ne peut mieux… J'adore ce moment, lorsqu'elle se met à briller, dis-je en la fixant.

— Moi aussi, j'adore…

— Allez, file ! Il est 20 h, je devrais être rentrée depuis bien longtemps.

J'ai rompu le charme de l'instant présent. Il a repris sa route. Toute souplesse dans sa conduite a disparu. Il a slalomé entre les voitures. J'ai fermé les yeux pour ne pas avoir peur. En quelques minutes, nous sommes arrivés dans mon quartier.

— Voilà. Mission accomplie, dit-il sans couper le moteur.

— Je te remercie pour la promenade, c'était très chouette, dis-je en ôtant mon casque.

— De rien, dit-il en le reprenant. À demain, Marie ! lance-t-il froidement.

Il est déjà reparti. Je suis restée figée quelques instants, sous le choc de son brutal changement d'humeur. Il a disparu de mon champ de vision. Je me sens lasse, vaguement nauséeuse. Je jette un œil à mon balcon, il y a de la lumière dans mon séjour. Ma famille est là. Je souris.

30

La pluie a fait son grand retour et, bien que les journées rallongent, tout est gris, gris, gris ! Mon moral est comme la météo : triste. Je ne vois plus Sébastien, qui voit davantage Carine que moi. Je ne vois quasiment plus les enfants, qui se vengent lorsque je suis enfin là, en étant de vrais monstres insupportables. Je suis exaspérée mais je me dis que, bientôt, tout rentrera dans l'ordre.

La journée, je me tue à la tâche et évite de penser à ma situation personnelle, mon imbroglio sentimental, mes enfants qui me manquent, mon destin qui m'échappe... J'essaie de me concentrer sur mon travail.

La nuit, tout se complique. Un peu comme la pluie, les insomnies sont revenues de plus belle. Et que se passe-t-il lorsqu'on n'arrive pas à dormir ? On cogite ! J'ai beau ne pas vouloir y penser, la rencontre de Nick avec Carine me hante. Comment faire pour ne pas leur forcer la main et provoquer un coup de foudre sans précédent ? Pour une veuve en mal d'amour, cela paraît déjà tendu mais pour un homme amoureux d'une autre, cela paraît encore plus dingue.

Je n'y arriverai sans doute pas toute seule. Il me faut un complice. Oui, mais c'est bien sûr !!! Son visage m'apparaît comme une évidence. Devinez un peu qui va m'aider ? Eh bien, c'est Monsieur Chen ! Et en quoi peut-il m'aider ? Vous le saurez bientôt.

Sans me soucier de savoir s'il dort, je lui envoie un SMS. Je me dis : au mieux, s'il travaille, il le verra de suite. Au pire, s'il dort, son portable sera éteint et il le verra au petit matin. Manque de bol, Monsieur Chen n'a pas éteint son portable et il dormait profondément aux côtés de sa femme quand son téléphone a bipé.

Moi : *« Monsieur Chen, c'est Marie, vous dormez ? »*

Lui : *« Oui, kes kiss passe ? 1 pb ? »*

Moi : *« Je suis désolée de vous déranger, je pensais que vous travailliez... J'ai besoin de vos services vendredi soir. On peut se voir demain. C'est une mission un peu spéciale. »*

Lui : *« Encore le bar à Louloutes ? ☺ »*

Moi : *« Non, c'est un évènement professionnel cette fois. C'est très sérieux mais l'objet est personnel... »*

Lui : *« Moi pas saisir ☺ »*

Je comprends qu'il se fiche de moi. Monsieur Chen parle un français parfait, avec un bel accent asiatique, certes. J'explose de rire. Sèb grogne :

— Marie, mais qu'est-ce que tu fous ?

— Rien rien... Dors, lapin !

— Tu textotes, là, ou je rêve ?

— Nan, du tout ! Tu rêves, lapin, fais dodo !

— Mouais...

Je reprends mes échanges de SMS avec Monsieur Chen avec la ferme intention de conclure.

Moi : *« Demain, rendez-vous à 11 h au café en face de l'immeuble où je travaille. Vous vous rappelez ? »*

Lui : *« Oui J srè. »*

J'ai du mal à déchiffrer son style mais je finis par comprendre. Ouf, il coopère.

Moi : « *Super, merci. Bonne nuit et encore pardon !* »

Mon projet prend forme. Je me blottis contre Sèb. Comme par enchantement, j'ai retrouvé le sommeil. J'enchaîne les rêves coquins, avec mon copain de lycée, avec le Nicolas de l'époque, le Nick d'aujourd'hui, Sèb avec et sans cheveux… Allez comprendre ! Je suis perturbée ! C'est incontestable. Si les symptômes persistent, j'irai consulter. Promis !

Lorsque le réveil a sonné, j'ai bondi. Revigorée par mes rêves sportifs, je suis en pleine forme, hyper déterminée, plus motivée que jamais. Ma rencontre imminente avec Monsieur Chen me donne du baume au cœur.

J'embrasse les enfants et dépose un baiser sur les lèvres de mon mari sans faire aucun bruit. Je reprogramme le réveil pour 7 h 50 et file vers mon destin. Ce matin, je pars à l'aube car ce soir, je rentrerai tôt.

31

Nick et l'équipe de créa sont partis soutenir le projet pour le second tour. L'heure tourne, il faut que j'invente un prétexte pour honorer mon rencard avec Monsieur Chen. Maryse est tellement pressée de finir la passation qu'elle n'arrête jamais. Elle a une surproduction de salive qui ne lui impose aucune interruption. De temps à autre, elle boit une gorgée d'eau, jette un coup d'œil à sa montre et reprend son monologue. À 10 h 55, je regarde mon portable et me lève :

— Maryse, je dois m'absenter un tout petit moment.

— Ah bon ? Mais on n'a pas fini.

— Je reviens dans vingt minutes maximum.

— Rien de grave, Marie ?

— Non non, c'est Jean. Il veut me voir pour caler un dernier truc pour vendredi.

— Bah, on peut peut-être y aller ce midi, non ?

— Euh… il précise que c'est urgent !

— Bah, Émilie va s'en charger. Émilie ! Émilie !!! crie-t-elle sans me laisser le temps d'intervenir.

— Oui, Maryse ?

— Peux-tu aller au café ? Jean veut voir Marie, mais là, c'est un peu embêtant, on est en plein « Licenciement ».

Mon regard est plein de désespoir. Émilie comprend qu'il faut me sortir de là. Elle ne se démonte pas.

— Non, je n'irai pas ! Si Jean veut voir Marie, alors c'est Marie qui doit y aller ! Désolée, Maryse, dit-elle avant de sortir de la pièce.

— Bah… Qu'est-ce qu'il lui prend ? me demande Maryse, surprise par ce refus catégorique de coopérer.

— Je ne sais pas. J'y vais. Je reviens vite.

Je suis trempée au simple fait d'avoir traversé la rue. Il pleut à verse. Je suis partie sans parapluie et mes cheveux ne me le pardonneront pas. Mon pseudo-brushing est fichu. Il faudra que je me renseigne s'il y a un coiffeur dans le coin. On ne sait jamais… Je pourrais le tester.

Lorsque j'arrive chez Jean, je dégouline de partout.

— Bonjour, Marie ! me dit-il en me tendant une serviette en papier.

— Merci, ce n'est pas de refus. Je n'avais pas vu qu'il pleuvait autant. Brrrr !

— C'est le déluge, hein ? Y'a quelqu'un pour toi là-bas, me dit-il tout doucement en faisant des petits coups de tête discrets dans la direction de Monsieur Chen. Si t'as un problème, tu cries, hein ?

J'explose de rire.

— Mais, Jean, ce n'est pas un représentant de la mafia chinoise, c'est juste un ami !

— Ne crie pas, Marie ! Il pourrait t'entendre ! me dit-il en rougissant.

— OK, OK, dis-je en chuchotant. Merci Jean ! dis-je bien fort.

Christian Linh Chen lève la tête et constate ma présence. Il lisait *L'Équipe.* Je tends la main pour lui dire bonjour.

— Bonjour, Monsieur Chen. Comment allez-vous ?

— Ah non, pas de ça entre nous, Marie, on se fait la bise et on se tutoie ! Je te l'ai déjà dit ! Et ce « Monsieur Chen », c'est classe mais franchement, je ne m'y fais pas !

— Ça fait beaucoup d'un coup, pour moi. Je ne suis pas certaine d'y arriver.

— Ça dépend de ton taux d'alcoolémie ! dit-il en riant. Il est encore tôt pour l'apéro, quoique...

— Ah, très drôle ! Quoi de neuf dans la presse ?

— Oh... rien d'extravagant. Le PSG a gagné hier soir. C'était un super beau match. Ils ont joué à dix durant toute...

— Le foot, je m'en contrefous ! dis-je. Je suis désolée de vous, enfin de te couper mais je n'ai que quinze minutes malheureusement. J'ai déjà eu du mal à m'extirper des griffes de... Bon, j'abrège !

Monsieur Chen me regarde avec des yeux de merlan frit, plissés évidemment, compte tenu de ses origines.

— Je t'écoute, m'encourage-t-il.

— Vendredi, je vous bloque pour la soirée. Enfin, je te bloque pour la soirée. Tu resteras dans les parages, gentiment stationné dans une rue voisine, et lorsque je vous appellerai, vous viendrez pour une course. Enfin... tu...

— C'est tout ?

— Euh, non. Je suis navrée mais il va falloir emprunter un véhicule à l'un de vos collègues. Parce que votre cliente vous, euh... te connaît et se rappellera forcément de la moumoute léopard. C'est possible de changer de véhicule ?

— Bah… Je devrais pouvoir me débrouiller avec mon cousin. Il a une *Mercedes* toute neuve. C'est tout ?

— Euh non… Il faudra te déguiser un peu car j'ai peur qu'elle te reconnaisse. J'ai piqué ça à mon fils, dis-je en lui tendant une fausse moustache. Et aussi, si vous avez un béret ou un bonnet, enfin un truc à mettre sur la tête.

— Rien que ça ! Je vais passer pour un guignol. Ce sera tout ?

— Euh… oui, je crois. Ils seront deux. Un homme, une femme. On fait une petite fête, précisément dans ce café, pour le pot de départ de la personne que je remplace. Je vous appelle, vous venez, ils montent dans le taxi, ils vous indiqueront une, voire deux, adresses : l'adresse de ma copine Carine, la belle maison à Boulogne et l'adresse de l'appart de mon patron, l'homme que tu as vu l'autre soir… Je ne sais pas où il habite. Tiens… c'est vrai ça… dis-je tout haut.

— Marie, mais dans quoi tu t'embarques ?

— Je ne sais pas ! Qui ne tente rien n'a rien !

— Bon, OK. Je serai là. J'attends ton appel, ils montent. J'imagine que je les balade un peu…

— Oui, excellente idée ! dis-je, tout excitée. Passe vers la tour Eiffel, essaie d'y passer lorsqu'elle scintille. Traîne un peu. Propose-leur de t'arrêter pour admirer le spectacle et surtout, tu enregistres tout car je veux un compte rendu complet. Pour le règlement, le monsieur te demandera sans doute une note, tu la gonfles autant que tu veux pour le dédommagement de ta soirée. Il ne s'en rendra pas compte. J'essaierai de le faire boire un peu. Est-ce clair ?

— Je crois. Et l'objectif de tout ça, c'est…

— En fait, j'aimerais qu'ils finissent la soirée ensemble. Ou plutôt qu'ils finissent ensemble tout court, jusqu'à la fin de leurs jours, ce serait top ! Mais bon… on n'en est pas encore là…

— D'accord ! J'ai compris. J'espère que ça marchera. Ça a l'air de te tenir à cœur.

— Oui, plus que tu ne le penses. Ah ! Et bien sûr, dès que tu seras seul, tu m'appelles pour le debriefing. OK ?

— Bien Marie. Pas di problem, dit-il en forçant sur l'accent asiatique, certainement pour me faire rire.

— Merci, Monsieur Chen. Je savais que je pouvais compter sur toi, dis-je en me levant.

Jean approche de la table avec un chocolat liégeois, miam… et pourtant :

— Oh, tu es adorable Jean, mais je suis désolée, je dois retourner travailler. Tiens, ça paiera le tout ! dis-je en lui tendant un billet de dix euros.

— Mais tu adores ça !

— Je suis navrée, je n'ai pas le temps. Monsieur Chen le boira pour moi. De toute façon, je suis au régime !

— Toi, au régime ? Tu veux perdre quoi ? Un os ? dit-il en pouffant de rire.

— Non, juste ça ! dis-je en pinçant ma bouée abdominale.

— N'importe quoi ! Allez, file ! Ton patron t'attend !

— Merci à vous deux ! À plus tard… dis-je en retournant sous la pluie battante finir le massacre capillaire.

32

De retour au bureau, Léa n'est pas à son poste. J'entends des rires qui viennent des étages supérieurs. L'open space est vide. Tout le monde est dans la grande salle. J'arrive comme une fleur, les cheveux en bataille, trempée de la tête aux pieds. Nick vient vers moi et me tend une coupe de champagne. Décidément...

— Ah te voilà, Madame Corte ! Mais où étais-tu passée ? Il ne manquait plus que toi !

— Euh... j'ai loupé quelque chose ? Il y a quelque chose à fêter ? dis-je en toute sincérité.

Tout le monde se tait et me regarde bizarrement. Nick éclate de rire.

— Qu'est-ce que t'es drôle, Marie !! Allez, arrête de nous faire marcher ! On a gagné l'appel d'offres !!

— Ah oui !! Bravo ! Bien sûr ! L'appel d'offres ! Félicitations ! À toute l'équipe... Oui, félicitations !! Allez, pour la peine, je vous embrasse tous ! dis-je en sautant sur Nick en premier, comme par hasard.

Embrasser tous ces gens pour les féliciter, encore une idée saugrenue dont je ne peux qu'être l'auteure. Je me sens stupide, niaise, tellement débile. Où est le trou, s'il vous plaît ?

Marion, Émilie, Olivier, Joël, André, Florence, Didier, Christine, Marion, Jean-Pierre, Patrick, Karen, Nelly,

Guillaume, Bob, Annie, Karim, Herman, Victor, Stéphanie... Je fais même la bise à Léa, l'hôtesse qui me déteste. Ça craint ! Je les embrasse tous sans savoir quel est leur degré d'implication dans la réussite du projet. Je suis foutue. Lorsqu'enfin, j'ai fini de me ridiculiser, je bois ma coupe cul sec, comme à mon habitude. Ma crédibilité s'est évaporée et la nausée m'envahit. Sans que personne s'en aperçoive, je file aux toilettes pour vomir. Je n'ai rien venu venir. C'est le champagne, c'est certain ! La contrariété et l'alcool ne font pas bon ménage. J'ignore si je dois interrompre ma période d'essai maintenant ou bien si je peux encore sauver ma carrière ? Je me regarde désespérément dans ce miroir qui, pour la énième fois de ma vie, me renvoie le reflet d'une femme blessée, fragile et complètement paumée. Mais qu'est-ce qui m'arrive ? Les larmes ne tardent pas. « Ah non, pas maintenant, Marie ! Ne craque pas, t'y es presque ! Pas maintenant ! », dis-je tout haut en séchant mes larmes.

« Toc, toc, toc... »

Ah non, pas lui ! Pas encore ! C'est devenu une manie ou quoi de venir me chercher jusque dans les toilettes ! Ce n'est peut-être pas lui ?

— C'EST OCCUPÉ !

— Je sais... Je peux te parler ?

— Qui c'est ?

— Le pape !!! C'est moi, Nicolas.

Il a dit Nicolas et pas Nick. C'est mon petit ami du lycée qui me parle, pas le patron sûr de lui qu'il est aujourd'hui.

— Écoute, Marie, personne ne sait que tu es là. Je suis le seul à t'avoir vue partir en trombe. Laisse-moi entrer, s'il te plaît, je dois te parler.

— Pas envie de causer !

— S'il te plaît. Je ne veux pas qu'on se fasse repérer. Ouvre !

J'ai peur d'ouvrir cette foutue porte. Elle me protège et m'empêche de lui tomber dans les bras. À cet instant précis, je sais que j'ai besoin de réconfort et Sèb n'est pas là pour m'en donner. Il ne comprendrait même pas pourquoi je me cache dans ces toilettes. Je ne le comprends pas moi-même mais Nick est là, lui... tout disposé à me consoler.

— Marie ?

— ...

— Tu es toujours vivante ?

Sa mauvaise blague m'extirpe un sourire. Je déverrouille la porte, l'ouvre à la volée, attrape Nick par la cravate et referme la porte derrière nous deux. L'espace est petit. Nous sommes proches, très proches.

— Ah... quand même ! Tu n'en as pas marre de te réfugier dans les toilettes ? Que se passe-t-il ? Je me fais du souci pour toi.

— Je ne sais pas, Nick... Je ne fais que des trucs complètement cons. Je me sens nulle... Comme le coup de faire la bise à tout le monde, par exemple.

— C'était plutôt sympa, au contraire !

— Ah bon ?

— Bah pourquoi pas ? Tu es sûre qu'il n'y a pas autre chose ? Ça doit être bien plus grave pour te faire pleurer comme ça, dit-il en m'essuyant une larme au coin de l'œil.

— Je suis un peu paumée ces derniers temps.

— Pour quelles raisons ? Allez, raconte ! je suis ton ami. Je t'écoute.

— Nan, je ne devrais pas te dire tout ça, tu es mon patron maintenant. On ne peut plus se confier l'un à l'autre comme lorsqu'on était jeunes. C'est inutile. N'insiste pas !

— Marie ! Je crois en toi ! J'ignore ce qui te met dans cet état mais je t'assure que tu n'as pas de doutes à avoir ! Tu as peur de ne pas être à la hauteur ?

— Je n'ai pas de doutes sur mes compétences. Maryse est fabuleuse. En plus d'être une experte, elle est pédagogue à tel point...

— Alors d'autres doutes ? Sur autre chose ?

Je réfléchis à la vitesse grand V. Comme si j'étais dans un avion qui va se crasher et qu'on a le temps de se repasser sa propre vie. Sèb est là, Alex et Stella, mes amours... et les larmes jaillissent à nouveau.

— Écoute, Marie... tu es flippante. Il y a bien une raison à ces larmes.

— Je t'assure Nick, je n'en sais rien. Je ne veux pas pleurer mais elles sont là ! Elles ne demandent qu'à sortir.

— Viens par là...

Il me prend délicatement la tête et la pose sur son épaule. Je ne résiste pas.

Ce n'est rien, ça, hein ? Je ne trompe pas mon mari, hein ? Ce n'est rien de pleurer dans les bras d'un ami, ce n'est pas grave, n'est-ce pas ? Ce n'est pas mal, hein ?

— Vas-y, pleure ! Je suis là ! Pleure, ma puce.

Il a dit « ma puce ». Je suis sa puce et je pleure encore plus. Après, j'irai me jeter dans un trou pour une durée indéterminée mais pour l'instant, il me serre, je mouille son épaule de mes chaudes larmes, sans oublier que je porte toujours mon manteau trempé. Son costume sera fichu et tout le monde se demandera pourquoi son épaule est humide et pourquoi il ne sort pas de ces fichues toilettes ? Et ce qu'on fabrique mais vous savez quoi, je m'en fous ! Je suis revenue vingt ans en arrière. Il ne m'en veut pas, je suis sa puce depuis tout ce temps. Je profite de ce moment. Je sniffe son parfum que j'aime et qui me rappelle tant de souvenirs de mon passé. Si je n'avais pas vomi, j'aurais sûrement eu envie de l'embrasser, comme ça, juste une fois, un dernier baiser d'amitié, puisque vendredi, il en aimera une autre mais j'ai vomi et c'est dégueu et...

— Attends ! Pousse-toi, je... *bleuargh* !

J'ai revomi ! Là, sous ses yeux. Il n'en revient pas non plus !

— Là, c'est pire que tout ! dit-il. T'aurais pas chopé une gastro ?

— Je ne sais pas... dis-je en m'essuyant la bouche avec du papier toilette.

— Tu devrais prendre ton après-midi pour aller voir ton médecin.

— Non, sans façon ! Ce n'est rien. Ça va passer ! Il me reste deux jours à passer avec Maryse, je ne veux pas en perdre une miette. Elle a encore tant à m'apprendre.

— Tu n'es pas sérieuse.

— Voilà, regarde, ça va mieux dit-je en m'aspergeant de l'eau sur le visage. Je suis vraiment désolée que tu aies dû subir ça, mais... merci Nicolas.

— De rien, Marie. Je suis là si tu as besoin de moi. En ami. Tu le sais.

— Oui, j'ai compris. Et toi aussi, tu l'as compris enfin. Je suis contente. Merci.

Il fait une moue en analysant ma phrase et nous éclatons de rire ensemble. Après ce moment de complicité unique, il retrouve son sérieux et dit :

— Et maintenant, nous devons sortir de là. Je vais sortir seul d'abord. Tu refermes derrière moi et je te bipe si la voie est libre, OK ?

— OK, chef !

J'ai attendu une minute, puis deux, puis trois. Plusieurs personnes ont tenté d'accéder aux toilettes et j'ai emprunté au moins quatre voix différentes pour les entourlouper : une voix grave de femme qui fume, une voix d'homme genre Père Noël, une voix d'Asiatique et même une voix fluette de petite fille. Je prie pour que personne ne me voie sortir. J'entends encore des bla-bla et des rires dans la grande salle. Toujours pas de « bip ». Mince, il a dû se passer quelque chose. Je lui envoie un SMS.

Moi : *« Alors ? »*

Lui : *« Non ! »*

Moi : *« Quoi non ? »*

Lui : *« Suis coincé par Léa. Elle guette les WC. »*

Péütéaïène, la pétasse ! Oups, navrée de ce dérapage verbal.

Moi : *« Bon, je sors, ça pue le vomi ici. J'ai vidé la bombe désodorisante et c'est encore pire ! Je sors ! Tant pis ! »*

Lui : *« Grande classe, Madame Corte ! »*

Moi : *« Je sais ! »*

J'ouvre la porte, l'air frais me fouette le visage. Je remonte le col de mon manteau et baisse la tête. Je file vers les escaliers. Je ne croise personne. À l'accueil, le poste est toujours vide. Ouf. Je quitte l'immeuble. La pluie a cessé, c'est dommage car j'aurais bien besoin d'une douche. Je marche sans trop savoir où je vais. J'irais bien visiter le parc où il y a tant d'arbres aux boules rouges mais avec ce temps, bof.

Un SMS me tire de ma rêverie. C'est Nick : *« Bravo pour cette sortie des toilettes incognito ! T'es une championne ! On mange ensemble ? »*

Moi : *« Manger après avoir vomi deux fois ? Non merci ! Je vais prendre l'air mais tout va bien. Je te remercie d'avoir été là. C'était adorable. Je vais mieux. Je voudrais que tu oublies cette anecdote dans les toilettes, OK ? »*

Lui : *« Désolé mais je ne l'oublierai pas. T'avoir dans mes bras reste un moment magique. »*

Moi : *« Plaisir partagé mais là, tu recommences à me faire comprendre que tu n'as peut-être pas bien compris... »*

Lui : *« Mais non, t'inquiète... »*

Moi : *« OK. Stop SMS »*

Je m'arrête devant la vitrine d'un coiffeur. Je pousse la porte et déclenche un « ding-dong », qui annonce mon arrivée. Le salon est désert. Un monsieur d'un certain âge sort de son arrière-boutique. Je regrette instantanément mon initiative.

— Oui, bonjour ! C'est pour quoi ?

— Euh... une petite coupe et un brushing, dis-je sans gérer les mots qui sortent de ma bouche.

Juste « *brushing* » n'aurait-il pas suffi à limiter la casse ? Il a fallu que j'ajoute « coupe ». Je me déteste ! Allez, je pars en courant et il ne s'en souviendra même pas !

— Installez-vous là, j'arrive dans cinq secondes, me dit-il en me montrant un vieux bac.

— Très bien, merci.

Bon, ben c'est fichu, je ne peux plus m'échapper. Personne ne sait où je suis. S'il me taillade le cou, personne ne le saura et on lira dans la presse, à la rubrique des faits divers « *Une femme a été retrouvée morte dans un salon de coiffure dans les Hauts-de-Seine. Bizarrement, elle avait des grumeaux de vomi dans les cheveux...* »

Oh là là, je chasse le bourdon. Je ferme les yeux et décide de laisser le vieux monsieur s'occuper de tout. Pour enfoncer le clou, à sa question : « Qu'est-ce qu'on fait ? » je m'entends répondre : « Faites ce que vous voulez ! »

33.

Lorsqu'il a fini, il me dit : « Alors, ça vous plaît ? »

Euh… comment dire ? C'est carrément génial ! Mon visage s'illumine alors qu'il tournicote le miroir autour de ma tête pour me montrer le rendu. Je suis très agréablement surprise :

— C'est super chouette ! J'adore ! Merci ! Franchement, je ne m'attendais pas à ça… je dois dire…

— Vous m'en voyez ravi !

— Waouh ! Je suis belle, dis donc.

Je suis une autre femme. Cette coiffure met en valeur mes yeux. Cette petite frange me donne un côté mystérieux et surtout ces vingt centimètres en moins donnent un punch fou à la coupe. Je me trouve jolie. C'est exactement ce qu'il me fallait pour me remonter le moral.

Je me prends en photo que j'envoie immédiatement à Sèb avec en commentaire *« Surprise ! »*. Il me répond illico en écrivant *« C'est qui, cette bombe ? On peut prendre rendez-vous ce soir ? »*

Moi : « Avec plaisir… Mouah <3 »

Je paie la petite note, laisse un gros pourboire qui compense largement son offre de bienvenue, ce qui me revient à payer le même prix que partout ailleurs, mais cela m'est égal ! J'adore ! Et quand on aime on ne compte pas !

J'ai de la chance, il ne pleut plus. J'achète un sandwich sur mon chemin et retourne dare-dare au travail. Lorsque j'apparais devant Léa, elle ne me reconnaît pas :

— Bonjour, Madame, que puis-je pour vous ?

— Léa, c'est moi, Marie ! Youhou !!

— …

Elle est bouche bée. Elle met plusieurs secondes avant de réussir à articuler :

— Waouh, c'est super ! Ça vous va super bien ! Chez qui vous êtes allée ?

— À quelques rues d'ici. C'est un salon qui ne paye pas de mine avec un seul coiffeur… J'avoue que je n'étais pas fière en arrivant et puis, finalement, j'adore le résultat. C'est sûr, j'ai enfin trouvé mon coiffeur ! Mieux vaut tard que jamais !

— Ah ouais, j'avoue. Nick va kiffer, c'est sûr !

— Pourquoi dis-tu ça ? C'est surtout pour moi que je l'ai fait, pas pour Nick, ni pour qui que ce soit d'ailleurs… dis-je en m'en allant.

GRRRR ! Elle a réussi à gâcher mon moment, cette peste. Il va falloir que j'étudie son dossier, elle commence vraiment à m'agacer.

Je monte directement à l'étage de Nick pour lui montrer ma nouvelle tête mais son bureau est désert. Maryse n'est pas revenue non plus, ce qui me laisse un peu de temps pour consulter les sites de nounous. Je sélectionne plusieurs profils intéressants, imprime leurs fiches et fourre le tout dans ma sacoche.

Le reste de l'après-midi se passe dans la joie et la bonne humeur. Tout le monde me complimente sur ma nouvelle coupe de cheveux. J'en volerais presque la vedette à l'appel d'offres.

Je me sens plus légère. À chaque fois que je croise mon reflet, dans une vitre, dans l'ascenseur, dans le miroir des toilettes, ou bien, dans le reflet sur l'écran de l'ordinateur, j'éprouve un réel sentiment de satisfaction.

Nick ne m'a toujours pas vue. Je décide de lui envoyer ma photo pour émoustiller sa curiosité. J'écris : « *Tu aimes ma nouvelle tête ?* » Il me répond dans la foulée : « *Ne me provoque pas stp. Tu sais bien que je t'... tout court.* »

Je regrette immédiatement ma démarche. Je souffle le chaud et le froid, ce n'est pas bien de ma part. Je lui renvoie un SMS pour m'excuser : « *Pardon, ce n'était pas le but de la manœuvre. Est-ce qu'on se revoit cet aprèm car j'envisage de rentrer tôt. Mes enfants me manquent.* »

Lui : « *Non, je fais un break. On se voit vendredi. Prends soin de toi stp.* »

Je ne vous cache pas une certaine déception à la lecture de son texto. Vendredi, ce sera la fin de notre histoire et j'espère le début de la sienne avec Carine. De nouveau, la tristesse m'envahit. Dehors, la pluie recommence à tomber.

34.

Je suis contente de retrouver mes loulous à la maison. Ils me sautent dessus ! « Hey, oh, vous allez me décoiffer ! »

— Waouh Maman, t'es trop belle ! me dit Stella en caressant ma nouvelle frange.

— Maman, t'es belle, chui amoureux, je t'aime ! répète trois fois de suite Alex.

— C'est vrai qu'elle est belle, Maman, fais-moi voir ça, dit leur père en m'embrassant tendrement.

Leurs yeux pétillent. Je suis heureuse d'être là près d'eux. C'est là qu'est ma place, dans mon cocon familial, dans notre appartement cosy et chaleureux.

— Pourquoi ce soudain besoin de changement ? me demande Sébastien alors que nous sommes tous les quatre assis sur le canapé.

— Je ne sais pas. Ce n'était pas prévu. Ce midi, je suis allée me promener dans le quartier, j'ai vu le salon de coiffure et je suis entrée...

Je lui raconte mon expérience chez ce coiffeur, à qui j'ai laissé le champ libre tout en réalisant la chance que j'ai eue de tomber sur un bon. Il aurait pu décider de me faire une coupe garçonne et en toute franchise, j'en ai déjà fait les frais quand j'étais jeune et ce n'était pas jojo. Ouf ! Heureusement, tout le monde aime. Mon capital confiance regonfle.

— Bah, c'était une bonne idée ! Hein, les enfants ? Tiens, montre-leur la photo que tu as fait ce midi ! me dit-il.

— Bah vas-y, mon portable est juste là. Montre-leur toi !

Sans le savoir, je viens de commettre une erreur monumentale. Après quelques secondes de silence, l'ambiance se plombe. Sèb se lève, se dirige vers la cuisine et me demande :

— Marie… Nick Martin est ton patron, c'est ça ?

— Bah oui, pourquoi ? dis-je sans comprendre.

— Tu peux venir me voir s'il te plaît ?

Punaise ! Je viens de saisir. Je vais passer un sale quart d'heure. Je blêmis et la nausée revient instantanément. Pourquoi n'ai-je pas supprimé les messages de Nick ? Quelle conne !

— Euh… Sèb… attends, ne t'énerve pas, je vais tout t'expliquer… ce n'est pas ce que tu crois !

— Bah… ça a l'air très clair pourtant… « t'avoir dans mes bras était magique », « oublier l'anecdote des toilettes », « plaisir partagé… », « Parce que je t'aime tout court », tu te fous de ma gueule ou quoi ????

Sébastien est dans une colère noire et je le comprends. J'essaie d'en placer une mais j'ai du mal.

— Écoute…

— Nan, mais tu te fous de ma gueule ?!

— Parle moins fort, les enfants n'ont pas à entendre ça. Je vais tout t'expliquer si tu me laisses m'exprimer, dis-je en retenant mes larmes.

— Je suis dégoûté ! T'es comme toutes les autres… une… une…

— Non, ne dis pas ça ! Je vais tout t'expliquer depuis le début mais par pitié, calme-toi, ce n'est pas grave, je t'assure. Je n'ai rien fait, je te le jure. Il ne s'est rien passé.

— C'est écrit noir sur blanc… là, dans ton portable de merde ! Tu n'as même pas eu l'intelligence d'effacer tes messages. T'es vraiment qu'une…

— Qu'est-ce qu'il a, Papa ? demande Stella.

— Rien, ma puce. Ne t'inquiète pas. Va jouer dans ta chambre, s'il te plaît.

— Oh non, c'est l'heure de Violetta. Je veux regarder Violetta.

— STELLA, J'AI DIT « MONTE DANS TA CHAMBRE TOUT DE SUITE SINON J'ENLÈVE TOUTES TES CROIX ! » Alex, tu montes aussi !

— C'est pas juste ! rétorque Stella.

Sèb est figé. Il est rouge de colère et tremble d'énervement. Je suis surprise qu'il n'ait pas encore fracassé mon portable contre le mur. Il va peut-être me fracasser, moi !

— Tu as raison sur un point, « il » est amoureux de moi mais ce n'est pas réciproque, je te le promets.

— Tu mens !

— Non, je te le jure Sébastien. Il faut que tu me croies. Regarde-moi, s'il te plaît !

— Non, je ne peux pas, tu me dégoûtes !

— Sèb, je vais tout te dire. Mais promets-moi de ne pas m'en vouloir, je voulais nous protéger. Je te jure que je n'ai rien fait de mal. Il faut que tu me croies !

Je commence par le commencement. « Nicolas et moi étions dans la même classe au lycée. On a eu une amourette en Terminale mais je n'étais pas amoureuse. Je suis partie pour les grandes vacances et quand je suis revenue, on s'est quittés. Il a fait sa vie, j'ai fait la mienne. En novembre, au détour d'une conversation avec Karo, il apprend que je n'ai plus de travail et c'est comme ça que la DRH de sa boîte m'a contactée. Je ne savais pas qu'il était à la tête de l'entreprise « J'étais elle » parce qu'il avait un peu changé son nom et qu'à aucun moment, je n'avais fait le rapprochement entre Nick Martin[e] et Nicolas Martin. Je ne l'ai su qu'en arrivant le premier jour. Le jour où j'ai eu l'accident, je devais le rencontrer mais comme tu le sais, j'ai été fauchée par le cycliste et voilà… »

Bon, je mens un tout petit peu mais l'heure est grave. TRÈS GRAVE !

— Et donc ? L'histoire des toilettes, c'est quoi ?

— Aujourd'hui, j'ai vomi, je n'ai pas digéré quelque chose sans doute… et il est venu voir si tout allait bien. Je me suis effondrée et il m'a prise dans ses bras. C'est tout !

— C'est déjà trop ! Vous vous êtes embrassés ?

— NONNNNNN !!! C'est vrai qu'il est aux petits soins avec moi, mais je t'assure, je le repousse ! Dès le départ, je lui ai dit qu'il n'y aurait jamais rien entre nous, que je ne l'aimais déjà pas à l'époque et que je ne l'aimerai jamais parce que je t'aime, toi ! Que tout ce qui compte, c'est vous ! Il a compris, c'est quelqu'un de bien.

— Évidemment, toi, tu tombes dans le panneau !

— Pour ne rien te cacher, quand j'ai su qu'il avait toujours des sentiments pour moi, je voulais stopper la période d'essai mais ce poste, je l'adore ! Les gens sont super ! Et puis, tu voulais tellement que je travaille, c'était une aubaine ! C'est tellement compliqué de trouver du travail...

— Bientôt, tu vas dire que c'est moi qui t'ai poussée dans ses bras !

— Mais non, je n'ai pas dit ça ! D'ailleurs, je suis en train de tout mettre en œuvre pour le caser avec une autre.

— Ah oui ? Et avec qui ?

— Avec Carine.

— Carine ? Notre Carine ? dit-il.

— Ce n'est pas notre Carine, c'est ma Carine ! Eh oui, je pense qu'ils feraient un super beau couple.

— Tu crois vraiment que je vais avaler ça ? Tu sais plus quoi inventer ma pauvre fille !

— Sèb, je te le jure, il faut que tu me croies. Bientôt, je ne serai plus qu'un lointain souvenir pour lui. S'il te plaît, regarde-moi !

— Laisse-moi. Il faut que j'analyse tout ça. Je sors, j'ai besoin de prendre l'air.

Il claque la porte sans me dire où il va. Et moi, je cours aux toilettes, vomir pour la troisième fois de la journée.

Sébastien est rentré trois heures plus tard. Les enfants dormaient depuis un moment. Je l'ai entendu leur faire un bisou et il m'a rejoint dans le lit sans même me frôler. J'ai feint de dormir et j'ai pleuré en silence avant de m'endormir d'épuisement.

35.

Sèb ne m'adresse plus la parole depuis l'autre soir. Je vais m'occuper de ma situation personnelle dès que j'aurai résolu l'affaire « Nick et Carine ». Chaque chose en son temps. Pour tout vous dire, je ne suis pas très inquiète car hier j'ai reçu un SMS de son meilleur ami Geoffray qui m'écrivait : *« Marie, Sèb a passé la soirée avec moi. On a causé, il fait la gueule mais au fond il te croit. Laisse-le dans sa caverne, il va revenir. Et surtout, je t'ai rien dit. Geo »*

J'ai effacé le message après lui avoir fait une réponse digne de ma culpabilité : *« Je suis innocente. Je le jure ! Merci de ton aide, ton message me rassure. Gros bisous. »*

C'est vraiment idiot cette histoire de messages. Je ne nie pas avoir eu quelques sentiments ambigus, ni même quelques pulsions contenues ou actes imaginés mais jusque-là, j'avais toujours pris soin d'effacer toute trace suspecte. Et dire que c'est moi qui l'ai autorisé à regarder dans mon téléphone, quelle nouille !

Bref, c'est le jour J.

En arrivant, je passe prendre mon café chez Jean et par la même occasion, je m'assure que tout est prêt pour ce soir.

Jean est surexcité. On dirait un *wedding planner* (organisateur de mariages). Derrière le comptoir, son épouse lève les yeux au ciel à chaque fois qu'il émet une nouvelle idée : « On pourrait mettre ça, là ? Et puis la table ici servirait de buffet. Le DJ sera bien de ce côté-là et dans ce coin, on laissera des fauteuils pour le magicien... Ce sera un coin calme, hein, t'en penses quoi ? C'est bien, non ? Hein... »

— Oui, Jean ! Mais ne t'en fais pas, tout ira bien, j'ai l'habitude des évènements.

Je repense à tous ceux que j'ai eu à organiser dans mon passé, qu'ils soient personnels ou professionnels. Et finalement, tout se passe toujours comme prévu... ou presque.

Maryse me rejoint au café. Aujourd'hui, nous avons décidé de ne pas travailler. On va flâner dans les bureaux pour s'imprégner de l'ambiance de l'agence oui, parce que le rôle d'une DRH c'est d'être proche des gens et Maryse l'était beaucoup.

— Salut, Marie, ça va ? Tu as mauvaise mine.

— Je ne dors pas super bien en ce moment et je suis un peu barbouillée.

— Ah ? Un souci ?

— Non non. Ça va... j'ai besoin d'un peu de repos. Ces quinze jours ont été intenses.

Les yeux me picotent. Ah non, Marie, tu ne vas pas recommencer avec tes sautes d'humeur ? Pas ici, pas maintenant ! Je détourne le regard et virevolte dans la pièce pour lui montrer la disposition de la salle et surtout pour me faire de l'air. Les autres clients me regardent comme si j'étais une demeurée.

— OK, OK, Marie, ça va être super mais s'il te plaît, viens par ici, tout le monde te regarde.

— Je m'en fiche ! Jean, à partir de quelle heure on privatise déjà ?

— Dès 17 h. Le pot commence à 19, mais on le sait, au début, y'aura pas grand monde.

— Détrompe-toi, ça va être blindé ! Déjà, t'auras tous les collaborateurs de « J'étais Elle » et puis sans doute leur conjoint qui vont arriver dans la foulée. Maryse, au fait, qui t'accompagne ?

— Euh… je viens seule. Tu sais, mes frères et sœurs sont en Province, et mes amis parisiens sont *overbookés,* alors… dit-elle tristement.

— Ah… mince. Bon, allez, on va s'amuser comme des petits fous, tu vas voir ! dis-je pour lui remonter le moral.

Nick fait son entrée aussi dans le café. C'est le repère dis donc ! Il est beau, souriant, sa démarche assurée, son jean slim moulant merveilleusement ses petites fesses bombées… hum… je me régale, enfin je voulais dire, je m'égare ! Il sent bon, quoiqu'aujourd'hui, son odeur m'écœure un peu.

— Salut, les filles, c'est le grand jour ?

— Oui ! répond Maryse. Le dernier jour même !

— Ça me fait tout drôle. Je ne te verrai plus tous les jours. Tu vas sacrément me manquer ! dit-il les yeux brillants.

Oh là là, qu'il est touchant ! Ce gars est une perle. J'espère que Carine va s'en rendre compte.

— Oh, je ne suis pas très loin, je viendrai vous voir, on déjeunera ensemble. Tu m'appelles quand tu veux ! Je suis un peu comme ta maman, tu le sais bien !

Cette phrase me rend triste car elle me rappelle que Nick n'a plus sa maman. J'essaie de contenir mes larmes mais impossible, les grandes eaux débarquent.

— Bah Marie ? Tu pleures ? me demande Maryse.

— Vous êtes trop... mignons... tous... les deux... On dirait une mère et son fils... dis-je en reniflant.

— Bah, faut pas te mettre dans des états pareils. Oh, ton mascara dégouline !! Jean, tu as un mouchoir ?

— Bah, alors, ma petite Marie, qu'est-ce qui te prend ? T'étais toute joyeuse tout à l'heure !

— Je suis comme ça, imprévisible ! dis-je en me mouchant très fort. Mais ce n'est rien, je suis capable de pleurer devant un dessin animé. Si vous saviez le nombre de fois où mon mari se moque de moi quand on regarde un film... Bref. Ça y est, c'est passé ! Tout va bien !

— Moi aussi je pleure devant les dessins animés, dit la femme de Jean qui essuie inlassablement des tasses derrière le comptoir.

— Ouf, je ne suis pas la seule ! Et si on allait travailler ? Ils vont se demander ce qu'on fiche !

— Oh zen, Marie ! C'est qui le patron ? Et puis, cette semaine, on a gagné un grand projet. On peut lever le pied de temps en temps...

— Oui, enfin, je te signale que cela ne fait que quinze jours que je suis parmi vous. Lever le pied n'est pas dans mes projets immédiats. Je ne voudrais pas me faire remarquer, tu comprends ?

— Marie, tout le monde t'a déjà remarquée. Ton *speech* le jour de ton arrivée, ton accessibilité, ta disponibilité, ta gentillesse... énumère Maryse.

— Ta nouvelle coupe ! lance Nick en souriant.

— Bon, arrêtez, vous deux, vous allez me faire rougir, dis-je en me levant pour partir.

— Ou pleurer ! rajoute Jean sans y avoir été invité.

36.

Cela prend du temps de flâner dans les bureaux ! C'est vendredi et l'ambiance est détendue. Les collaborateurs travaillent sereinement dans cette société. Nick peut être fier du travail accompli. Maryse est un élément clé de la réussite de cette entreprise, c'est certain qu'elle va manquer à tout le monde. Une petite boule grandit dans mon ventre. Pourrai-je la remplacer dignement ?

Émilie m'a fait savoir qu'elle avait récolté énormément d'argent pour son cadeau et qu'on pourrait largement lui offrir un voyage en plus d'autres bricoles. C'est une idée géniale. Elle choisira sa destination. L'équipe créa est en train de créer une carte spéciale, ils ont même réalisé un diaporama. Je les vois pouffer derrière leurs écrans. Ah, ces jeunes, que sont-ils en train de concocter ?

La journée passe à une vitesse phénoménale. J'ai eu à peine le temps d'envoyer un texto à Carine pour lui confirmer l'adresse du lieu et à Sèb pour lui rappeler que je rentrerai tard ce soir, que les enfants seront chez ses parents et que je l'aime. Enfin, j'ai renvoyé un dernier SMS à Monsieur Chen pour m'assurer que tout est OK : voiture, moustache, bonnet.

Sa réponse m'a fait mourir de rire. Il a écrit : « *G fé bcp rire ma famille en testant ma tenue hier soir, je ressemble à Bruce Lee et à Freddie Mercury en mm temps et avec le béret, C T la totale, le Français parfait sans la baguette de pain, ni le verre de vin mais avec les yeux bridés. Mdr* »

Adorable ! Et dire qu'on se connaît à peine.

Tout est OK. Jean sautille partout. Son café est transformé, on dirait un bar *lounge* fraîchement rénové. Cela lui donne des idées pour moderniser son établissement, changer son concept, le rendre plus branché, plus dans l'air du temps en somme.

Il porte un costume et sa femme, qui jusque-là était plutôt discrète et transparente, endosse une jolie robe de cocktail qui lui donne un air de Julia Roberts dans *Pretty Woman*.

— Waouh, vous êtes super jolie ! lui dis-je.

— Merci ! me répond-elle. On a rarement l'occasion de se mettre sur son trente-et-un, alors pour Maryse, on a voulu faire un effort.

— Excellente idée ! dis-je en me regardant de haut en bas, moi qui porte la même tenue depuis le matin et que l'idée d'un éventuel changement de tenue n'a absolument pas frôlée.

Bravo ! De toute façon, je n'ai à plaire à personne. J'ai assez de soucis comme ça !

Le magicien arrive et comme dans mon souvenir, il est très mignon. Plus vieux d'une dizaine d'années, il n'a quasiment pas changé sauf les cheveux gris sur les tempes. Toujours aucune alliance à la main gauche mais c'est sans doute un choix commercial. Sans l'anneau, c'est plus vendeur !

— Bonjour ! Je suis Clément, dit-il en venant vers moi.

— Oui !! Bonsoir Clément. Je suis Marie. Ça va ?

— Enchanté ! On se connaît ?

— Oui, on a déjà travaillé ensemble lors d'un séminaire d'entreprise sur une péniche.

— Peut-être bien… dit-il sans grande conviction. Je me mets où ?

— On va se dire « tu », OK ?

— Pas de problème.

— Pose tes affaires par là-bas. Et ensuite, tu déambules dans la salle. Les invités ne sont pas encore arrivés mais ils ne devraient plus tarder. Ta prestation est prévue pour la soirée, jusqu'à minuit.

— OK.

DJ Fab vient d'arriver avec son ordi, son enceinte et quelques spots.

— C'est à cette heure qu'on arrive ? lui dis-je en lui faisant la bise.

— Salut, Marie, je suis désolé, je voulais arriver avant mais…

— Hey, Fabrice, je te taquine, je sais que tu n'en as pas pour longtemps à t'installer. Tu vas bien ?

— Oui, pas mal. Et toi ? Sèb et les petits ?

— Nickel ! dis-je pour ne pas m'embarquer sur un terrain glissant. Le brief est simple. Il y aura pas mal de jeunes mais la fête c'est pour le pot de départ en retraite d'une dame donc, il nous faut une musique d'ambiance qui plaise à tout le monde. Dès que tu les sens chauds, tu pousses un peu le son mais sans nous casser les oreilles. Faut qu'on puisse se parler.

— OK, OK, je gère.

— Oui, pardon. Bien sûr... Tu as l'habitude, désolée...

Le traiteur installe son petit buffet et Jean met en place les boissons. Je supervise tout ce petit monde. J'adorais l'évènementiel. Mon nouveau métier est radicalement différent maintenant. Est-ce qu'il me donnera autant de satisfaction que celui d'avant ? Sommes-nous faits pour une seule activité professionnelle ? Combien de métiers pouvons-nous exercer dans une vie ? Je n'ai pas de réponse à ces questions existentielles. Le seul qui en vaille vraiment la peine, c'est d'être parent mais c'est le plus difficile aussi. On ne s'ennuie jamais. Chaque jour est un apprentissage, parfois une bataille aussi. M'enfin...

37.

19 h 10. Le café est noir de monde. On n'avait pas mesuré l'impact du relooking. Tous les passants pensent qu'ils peuvent s'inviter, qu'il s'agit de l'inauguration d'un nouveau bar. Du coup, Émilie s'est postée à l'entrée avec Bob et Olivier pour jouer les vigiles. Munie d'une liste, Émilie filtre les invités. J'aperçois Carine dans la queue. Je vais la chercher.

— C'est bon, Émilie, c'est mon amie. Je te présente Carine. Carine, voici Émilie l'assistante de direction de « J'étais elle ».

— Enchantée, disent-elles à l'unisson.

— Je te préviens, une fois là-dedans, on ne s'entendra plus très bien.

— Marie, tu cours partout ! Tu comptes me laisser toute seule toute la soirée ?

— Non, ne t'inquiète pas, je n'ai plus que quelques bricoles à régler et je ne te quitte plus. Tu es magnifique comme d'habitude, dis-je en la regardant. Donne-moi ta veste, je vais la mettre en lieu sûr et tiens, bois ça, tu m'en diras des nouvelles ! dis-je en lui tendant un mojito fraise.

— Merci.

— Viens, je vais te présenter mon patron. Tu vas voir, il est canon et... célibataire.

— Euh… je peux t'attendre ici.

— Non, pas question que tu restes seule. Tu vas voir, il est vraiment sympa. Il est là-bas ! Nick, Nick ! Je veux te présenter ma copine !

Il me fait signe qu'il n'entend rien. Je lui fais signe que j'arrive. Mais d'abord, je fais un détour voir DJ Fab pour lui dire de baisser le son. Ce dernier exauce mon souhait. Ah, voilà qui est mieux !

Arrivée à sa hauteur, je lui dis :

— Nick, je voudrais te présenter Carine.

— Et qui est Carine ?

— Tada ! dis-je en me tournant.

Mince, Carine n'est plus derrière moi. Mais où est-elle ?

Nick explose de rire.

— C'est une superbe entrée, dis donc !!

— J'avoue ! Je ne pensais pas la perdre sur dix mètres. Ah, je la vois, elle discute avec Maryse. Je vais la chercher.

— Non, allons vers elles plutôt. Mais dis-moi ta Carine, elle est…

— Super belle, lui dis-je. Et intelligente. C'est grâce à elle que je suis parmi vous, enfin si on occulte le fait que tu me connaissais. Elle m'a coachée quand je cherchais du travail. On court ensemble, enfin on courait avant que j'aie l'accident. C'est elle qui garde mes enfants le soir. Elle travaille depuis chez elle. Elle est fabuleuse.

— Ah oui ? Pourquoi ne m'as-tu jamais parlé d'elle ?

— Je n'en ai pas eu l'occasion. Ah, un petit détail, elle est célibataire, Nick. Mais je dis ça, je dis rien !

Il stoppe net et me regarde.

— Qu'est-ce qu'elle sait de moi ?

— Rien ! Absolument rien… Elle ne sait même pas que tu existes. Qu'est-ce que tu vas t'imaginer ? On pouvait venir avec quelqu'un, j'ai préféré venir avec elle plutôt que de venir avec mon mari.

— Tu as bien fait ! dit-il avec un sourire.

Nous avons retrouvé Maryse et Carine.

— Carine, je te croyais derrière moi. Tu as fait la connaissance de Maryse ?

— Oui, comme elle ne me connaissait pas, elle m'a demandé qui j'étais. Je lui ai répondu que j'étais ton amie et on a commencé à papoter.

— Ah OK, super ! Voilà, je te présente Nick, mon patron. Nick, voici ma copine, Carine.

— Enchanté, Carine.

— Enchantée, Nick. Alors comme ça vous êtes le PDG de cette entreprise ?

— Je pense qu'on va se tutoyer, c'est plus sympa…

La conversation est engagée. Je vois Maryse qui blêmit en apercevant un visage connu à la porte. Je l'aide à s'adosser à un tabouret haut, sans que personne s'en aperçoive, laissant Carine et Nick faire connaissance comme des grands.

— Ça va, Maryse ? On dirait que tu as vu un fantôme.

— Oui, c'est presque ça. Pierre est là.

— Pierre, c'est qui, ça ? dis-je.

— Pierre, mon grand amour, celui que j'ai quitté quand je suis venue travailler avec Nicolas. Je t'en ai parlé l'autre jour.

— Ah, punaise, mais qu'est-ce qu'il fiche ici ? Tu veux que je le fasse dégager ? Bob a l'air super content de jouer les videurs.

— Non, non... je ne pensais pas le revoir un jour. Il a dû recevoir l'invitation par erreur...

— Tu es sûre, Maryse ? C'est ta fête, il ne faudrait surtout pas la gâcher.

— Non, ne t'inquiète pas. Ça va aller, je vais aller lui parler.

— Comme tu voudras. Si tu as besoin, tu appelles « au secours ! »

Si Maryse ressemble à Sharon Stone, Pierre est le portrait craché de Richard Gere. S'ils avaient eu des enfants, ils auraient forcément été très beaux. Je vois Maryse se diriger vers l'ex-homme de sa vie, le seul qui ait vraiment compté pour elle, chancelante et visiblement troublée.

Elle s'approche de lui. Il lui tend un bouquet de fleurs avant de lui faire une bise, qu'elle lui a sans doute autorisée. Ils discutent un bon moment mais Maryse est alpaguée de partout, ce qui semble agacer Richard, euh Pierre, pardon !

De l'autre côté, Nick et Carine sont explosés de rire. J'ai un petit pincement au cœur en découvrant cette complicité naissante mais c'était mon projet et le seul qui puisse sauver mon couple. Tout le monde s'amuse, il semblerait que DJ Fab ait remonté le son. Jean me fait signe que tout va bien. Les bouteilles se vident, les petits fours disparaissent. Léa discute avec les jeunes de l'étage. Émilie rigole avec les filles de la compta. J'adore quand les gens s'amusent.

Je regarde mon portable par automatisme. Tiens, j'ai reçu deux SMS. Avec ce vacarme, je ne l'ai pas entendu sonner.

Monsieur Chen : *« Je suis là, j'attends le GO ! »*

Sèb : « *Je suis là.* »

Sébastien est là ! Là où, punaise ?!! Je regarde autour de moi mais je ne le vois pas. Je l'appelle mais il ne répond pas. Mince ! Je réponds *« Où ça ? »*

Quelques minutes plus tard, il me dit : *« Le vigile ne croit pas que je suis ton mari, tu peux venir s'il te plaît ? »*

J'accours ! Je sors du café et l'air frais me fouette le visage. Ça fait un bien fou. Sèb est en grande conversation avec Bob.

— Ah, te voilà, Marie ! Ce Monsieur dit qu'il est ton mari.

— Bien sûr qu'il l'est ! dis-je en l'embrassant comme une adolescente, avec la langue et les multiples virages.

— Ah, pardon ! lance Bob tout gêné par la scène. Désolé, Monsieur, vous pouvez entrer !

— Quel accueil ! Toi, tu as bu pour m'embrasser comme ça ? me demande Sèb.

— Ah non, hors de question de boire. Mon seuil de tolérance a disparu ces derniers jours. Désolée, je sais que tu n'aimes pas que je me donne en spectacle mais Bob a vingt-deux ans, il fallait lui donner une petite leçon.

— Ah oui, laquelle ?

— Qu'à presque quarante ans, on puisse être sexy comme tu l'es ! et amoureuse comme je le suis.

— Merci du compliment mais je suis toujours fâché.

— Ah bon ? Mais pourquoi tu es là, alors ?

— Je ne sais pas... me dit-il avec un sourire.

Il n'est plus tant fâché que ça. Je le connais bien, sinon il n'aurait jamais mis les pieds ici.

Il y a de l'amour qui flotte dans les airs. Maryse et Pierre sont inséparables. Nick et Carine semblent s'entendre à merveille, ils n'arrêtent pas de rire. Jean ne quitte plus sa femme. Je ne les ai jamais vus aussi complices avant ce soir. Léa flirte avec DJ Fab et les couples déjà existants au sein de la société ne se cachent plus. Tiens, je n'avais pas imaginé que Victor et Didier puissent être plus que des potes mais plus les bouteilles se vident et plus les choses deviennent claires, enfin, pour ceux qui ne les ont pas vidées.

38.

Sèb est aux côtés de DJ Fab. Finalement, je ne l'ai encore présenté à personne. Chacun est occupé à danser, à papoter, à flirter, à boire, à se détendre et je ne veux en aucun cas perturber les festivités.

Les filles regardent mon mari avec des yeux de chasseuses. Je vais aller les calmer.

— Il est pas mal le gars à côté du DJ, c'est qui ? dis-je au groupe de croqueuses d'hommes.

— Je ne sais pas mais il est sacrément canon ! C'est peut-être l'assistant du DJ. Regardez comme il danse, il a un super corps ! lance Marion.

— Ah ouais, il est kiffant… rajoute Stéphanie.

— Je vais aller lui demander son number ! dit Nelly.

— Tst tst tst ! Pas touche, les filles ! En fait, je sais qui c'est. Cet homme, c'est le mien ! Et gare à vous si vous vous approchez de lui ! Je mords ! dis-je en jubilant.

« Ah… oui. OK, pas de problème, Madame Marie Corté ! »

Vers 21 h, DJ Fab baisse le son et Nick fait un petit discours : « Je voudrais remercier Maryse qui est une mère pour moi et qui l'a été pour beaucoup d'entre vous. Maryse, on ne peut pas te laisser partir sans dire quelques mots… Je t'en prie… »

Maryse lâche la main de Pierre qu'elle tenait discrètement. Elle se dirige sereinement vers Nick qui lui tend le micro. Je prépare les mouchoirs.

« Chers collègues, chers amis,

Je vous remercie d'être tous venus pour me dire au revoir ! En effet, le grand jour du départ est arrivé. Ou plutôt devrais-je dire, le grand jour d'un nouveau départ pour plein de choses ! dit-elle en regardant Pierre, visiblement ému aussi.

Je tenais tout d'abord à vous remercier tous chaleureusement pour ces années passées parmi vous. En effet, sympathie, disponibilité, professionnalisme sont les mots que je pourrais employer pour représenter chacun de vous. Je ne vais pas tous vous citer car ce serait trop long. Ces dix années au sein de « J'étais elle » ont été exceptionnelles. J'ai vécu une expérience très enrichissante que je garderai longtemps en mémoire. Vous êtes tous uniques et chacun de vous m'a permis de grandir. Je voudrais souhaiter bonne chance à Marie qui assurera la relève avec brio, je l'espère. Si elle vous maltraite, appelez-moi ! dit-elle avec un énorme sourire et déclenchant des rires.

Je lève mon verre en vous souhaitant une bonne continuation aussi bien dans votre vie professionnelle que dans votre vie personnelle.

Merci à vous tous ! Vous me manquerez ! »

Émilie court vers Maryse pour lui remettre une carte immense où chacun de nous a ou va pouvoir écrire un petit mot. Sur la boîte, de nombreux paysages évoquent les voyages. J'entends Émilie dire à Maryse : « Tu vas pouvoir faire le tour du monde, seule ou avec un amoureux, dit-elle en jetant un petit regard vers Pierre.

— Merci, Émilie, tu es une merveilleuse assistante. Si j'avais dû avoir une fille, j'aurais aimé qu'elle soit comme toi.

Émilie sort son Kleenex et j'en fais autant. À cet instant, Carine discute avec Sébastien. Mince, où est Nick ?

— Tu cherches quelqu'un, on dirait, me dit une voix.

— Oui, ce n'est pas faux. Je te cherchais, toi ! Tu passes une bonne soirée ?

— Et toi ? Tu as encore pleuré ?

— Bah, un peu. Toutes ces belles paroles me touchent, tu me connais !

— Je le sais. Tu ne me présentes pas ton mari ? dit-il en pointant Sébastien.

— Comment sais-tu que c'est mon mari ?

— Un homme qui regarde une femme comme il le fait ne peut être qu'amoureux d'elle.

— Oui… et moi aussi, je l'aime.

— Je le sais. Je suis navré de ce qui s'est passé ou de ce qui aurait pu se passer d'ailleurs… J'ai été égoïste.

— Je ne vois vraiment pas de quoi tu parles, lui dis-je en faisant un clin d'œil. Tu as mis du temps pour le comprendre mais ça y est, cette fois, je pense que c'est bon, tu vas enfin tourner la page.

— Oui, et cette rencontre inopinée avec Carine devrait m'y aider !

— J'en suis ravie ! Elle est géniale. Je l'adore. Elle mérite d'être heureuse.

— Bon, ce serait bien qu'on aille interrompre leur conversation, non ? Parce que si Carine tombe amoureuse de lui, tu n'auras plus qu'à tomber amoureuse de moi, ce serait ballot, quand même !

— Oui, tu as raison ! Allons-y vite !

Lorsque nous approchons d'eux, j'appréhende la réaction de Sébastien. C'est un impulsif, il pourrait bien lui mettre un coup de poing en pleine poire mais sa réaction est toute autre :

— Bonsoir ! Alors c'est vous, le patron de Marie ?

— Oui et vous, son mari. Vous avez beaucoup de chance.

— Je le sais. On va peut-être se tutoyer, non ? Je pense qu'on sera amenés à se revoir.

— OK, avec plaisir !

En plus d'être beau, mon mari fait preuve d'intelligence. Il me surprendra toujours, même après toutes ces années à ses côtés.

C'est le moment que DJ Fab a choisi pour mettre ma chanson préférée du moment « *The Avener* ». Nick prend la main de Carine et l'entraîne sur la petite piste. Sèb fait de même avec moi. Lui qui ne danse jamais, que se passe-t-il ? Demain, il va neiger !

39

23 h 41. C'est une très belle fête pour clôturer une carrière. On s'amuse comme des petits fous. Les tours de magie de Clément sont époustouflants. La musique est parfaite. Les toasts sont épuisés depuis longtemps mais personne ne s'en plaint. Les bouteilles continuent de se vider. Maryse est très heureuse. Je l'aurais crue bien plus perturbée par ses retrouvailles avec Pierre, mais visiblement, elle ne lui a pas fermé la porte. Carine s'amuse beaucoup, elle discute avec les uns et les autres, comme si elle avait toujours fait partie des équipes. Nick semble heureux. De temps à autre, il m'observe mais je feins de ne pas le voir. C'est de mon mari dont je m'occupe.

Punaise, j'ai oublié Monsieur Chen. Je lui envoie un SMS : *« Toujours là ? »*

Lui : *« Oui, où veux-tu que j'aille ? »*

Moi : *« Venez à la fête ! »*

Lui : *« Vous qui ? Je suis seul ! Je viens si c'est un bal costumé. Je suis Jackie Mercury, je te le rappelle. »*

Moi : *« Mdr. Pardon pour le vouvoiement… Attends, ça risque de bouger ! »*

Carine s'approche de moi. Elle me dit :

— Marie, tu rentres comment ?

— Je pense qu'on va traîner un peu avec Sèb. Ça a été un peu tendu cette semaine, alors...

— Je comprends...

— Mais si tu veux, je t'appelle un taxi.

— Qui veut un taxi ? demande Nick. Parce que parfois, je le suis... dit-il en me faisant un clin d'œil.

— C'est Carine, dis-je. Et toi, tu as trop bu pour prendre ton scoot', Monsieur Martin[e] ! Si vous voulez partager le même, je n'ai qu'un coup de fil à passer. Qu'en dites-vous ?

Carine et Nick se regardent. L'idée ne semble pas leur déplaire.

— Qui ne dit mot consent ! J'appelle *G7*, dis-je sans attendre.

J'appelle Monsieur Chen qui décroche de suite.

— Allô !

— Bonsoir, je voudrais un taxi s'il vous plaît.

— Alors ça y est, ils vont arriver ?

— Affirmatif ! Au café de Chez Jean, boulevard Jean Jaurès, à Neuilly. Cinq minutes ? Parfait ! dis-je en criant puis plus doucement, au fait, le taxi c'est un *G7* ?

— *Get 27* ? hurle Monsieur Chen. Avec la musique, je n'entends pas... Tu as encore bu, je parie !

— Non, je n'ai pas bu, j'ai dit *G7* !! Est-ce que le taxi est un *G7*, oui ou non ?

— Ah... si mon taxi est un *G7* ? Non, c'est *Taxi Bleu*.

— OK, d'accord, *Mercedes* grise, *Taxi Bleu*. Très bien, merci, Madame.

— Madame ?

— Au revoir.

Voilà une affaire rondement menée. Je fais mon rapport à Carine et Nick, qui attendent sur le trottoir après avoir fait une bise à Maryse.

Monsieur Chen arrive dans la berline flambant neuve qu'il a empruntée à son cousin. Je ne veux louper le spectacle pour rien au monde. En effet, c'est hilarant mais je fais comme si de rien n'était. Je m'approche de sa vitre, qu'il baisse :

— Vous êtes trop beau, Monsieur Chen !

— Tu recommences encore avec ton « vous » ! Tu m'énerves Marie ! Ce sont eux ?

— Affirmatif. N'oublie pas la balade et tout le toutim, j'attends ton rapport après la course. Merci encore, Linh.

Il me regarde avec un air attendri. C'est la première fois que je l'appelle par son prénom asiatique.

Je retourne vers Carine et Nick, leur fais la bise à chacun en leur disant :

— Je me suis trompée, ce n'est pas un *G7* mais un *Taxi Bleu*. C'est pareil de toute façon. Allez, rentrez bien, pas d'imprudence. Carine, on s'appelle dimanche, je n'ai pas encore trouvé de nounou. Et toi, Nick, à lundi !

— Merci pour tout ! Cette fête pour Maryse était très réussie, me dit Nick.

— Oui, merci Marie, c'était une chouette soirée, je ne regrette pas d'être venue, dit-elle en croisant le regard de Nick. Je t'appelle !

— Bon, sur ces belles paroles, il me semble que vous pouvez y aller, Monsieur Jackie Mercury ! dis-je à l'attention du chauffeur. Bonne course !

40

Ce sont les minutes les plus longues de toute ma vie sauf lorsque j'ai accouché bien sûr. Pas d'inquiétude, je n'ai aucunement l'intention de vous raconter mes accouchements. J'attends juste avec impatience l'appel de Monsieur Chen. Une demi-heure est passée et toujours rien ! Sébastien a constaté mon changement d'humeur depuis le départ de Nick et de Carine, il commence à s'inquiéter de me voir constamment les yeux rivés sur mon téléphone.

— Ça n'a pas l'air d'aller, Marie ?

— Bof…

— Tu attends un appel ?

— En fait, oui, Sèb. J'attends l'appel du taxi que j'ai engagé pour mon plan.

— Quel plan ? Tu es sûre que tu vas bien ? Tes propos sont incohérents. Tu n'as pas mal à l'épaule ?

— Non.

— Ni à la tête ?

— Non plus !

— Vas-y parle ! Je regarde si ta bouche est tordue.

— Quoi ? Mais qu'est-ce tu racontes ?

— Non, ça a l'air d'aller. Lève le bras gauche !

— Et puis quoi…

— Lève ! j'ai dit !

Voilà qu'il recommence avec son autorité. Qu'il est chiant !

— Tiens, je lève même les deux ! Ça te va ?

— Je vérifiais juste que tu n'étais pas en train de nous faire un AVC.

— Mon pauvre Sèb, parfois, tu m'exaspères ! Je vais bien. Je t'ai parlé de mon plan pour caser mon patron avec Carine. Eh bien, la deuxième partie de mon plan c'est le taxi. Et le chauffeur de taxi est un copain.

— Euh… combien as-tu de copains dont j'ignore l'existence ? Ton patron, le magicien, le taxi…

— Allez, ne sois pas jaloux, tu n'as rien à craindre. Mais là, j'aimerais bien qu'il me rappelle pour me dire que mon plan a bien fonctionné.

— Oublie ton plan ! Allez, amuse-toi ! Viens danser, pour une fois qu'on n'a pas les enfants, oublions tout le reste, amusons-nous !

— Oui, enfin, tous ces gens sont mes collègues, j'ai un peu de mal à me lâcher quand même…

Je repense à toutes les bourdes que j'ai cumulées en quinze jours… Est-ce qu'il existe une rubrique dans le *Guinness des Records* qui correspond à ma catégorie ?

Pour faire plaisir à Sébastien, j'ai plongé le portable dans ma poche et j'ai fait semblant de m'amuser. Je commence très sérieusement à avoir mal aux pieds. Dommage que mes ballerines soient au bureau. Je pourrais aller les chercher mais je n'en ai pas envie.

Après quelques danses, je m'affale sur un fauteuil, atteinte d'une subite flemmatite aiguë. Je reprends discrètement mon portable au fond et horreur ! j'ai eu un appel en absence et j'ai un nouveau message : Monsieur Chen ! M-E-R-D-E ! Je l'ai loupé !

Je rassemble mes dernières forces pour me lever et sors dans la rue en composant frénétiquement le 888.

« Vous avez – 9 – nouveaux messages » me dit la voix.

Ça m'apprendra à ne pas les supprimer au fur et à mesure. Et maintenant, je n'ai plus qu'à tous les écouter pour atteindre celui qui m'intéresse le plus :

Message 1 – le 1er mars à 15 h 12 : « Ma chérie, c'est Maman. J'espère que ça se passe bien. Rappelle-moi »

« Supprimer ! »

Message 2 – le 2 mars à 11 h 10 : « Madame Corte, c'est Madame Lambert à l'appareil, la dame du chalet. J'espère que votre belle-mère s'est bien remise. Je vous appelle car Jeannine, ma femme de ménage, a retrouvé un jouet qui appartenait sans doute à vos enfants. Rappelez-moi si vous souhaitez le récupérer. Au revoir. »

« Oups ! » dis-je.

« Je n'ai pas compris votre demande. » me lance la voix.

« Archiver ! »

Message 3 – le 4 mars à 17 h 37 : « Marie, c'est Lidia, tu viens déjeuner dimanche ? Je fais un couscous. À bientôt ! Bisous ! »

« Supprimer ! »

Message 4 – le 5 mars à 19 h 12 : « Je pars du boulot. J'espère que tu seras rentrée quand j'arrive. »

« Supprimer ! »

Purée, encore quatre messages. J'ai froid dehors ! Je vais finir par attraper la grippe !

Message 5 – le 7 mars à 11 h 30 : « Salut, c'est Célia. Tu viens ce midi chez mes parents ? Faudrait que je te parle discrètement. A+ »

Punaise… que voulait-elle me dire ? J'ai beau me creuser la tête, il ne m'a pas semblé qu'elle ait cherché à me causer… Zut !

« Supprimer ! »

Message 6 – le 10 mars à 11 h 15 : « Marie ! C'est Nick ! On a remporté l'appel d'offres. Je suis trop heureux. On fait un pot dès notre retour au bureau. On est comme des oufs ! »

« Supprimer ! »

Comment ai-je pu louper cet appel ? Je me revois encore arriver comme une fleur fanée et arrosée dans la grande salle découvrir la nouvelle alors que Nick m'a appelée, moi, pour me l'annoncer en avant-première.

Message 7 – hier à 14 h 58 : « Salut, c'est Jean, j'ai pensé que le buffet serait mieux…

« Supprimer ! » dis-je très agacée.

Message 8 – hier à 16 h 48 : « Bonjour, Marie, c'est Lidia. On a bien récupéré les enfants. Alex voulait te parler. Si tu as une minute, rappelle-moi. Bisous, Marie ! »

« Supprimer ! » dis-je le cœur fendu. Mon loulou voulait me parler ce soir et je n'ai même pas pensé à leur passer un petit coup de fil. Quelle mère indigne !! Mais chut chut ma conscience ! Ce n'est pas le moment car…

Message 9 – Aujourd'hui à 1 h 15 : « Marie, c'est Linh. Je pense que tu voudras avoir un rapport oral alors rappelle-moi mais pas trop tard, je vais couper mon portable car je viens d'enchaîner dix-huit heures de travail et je suis fatigué. Je voulais te dire, j'ai fait une allergie à la moustache, je suis tout rouge, ça brûle… mais ce n'est pas grave, je ne t'en veux pas. À tout de suite ou à demain. »

« Rappeler !!!!!! »

« Vous rappelez le 06 24 36 12 56 »

C'est l'angoisse ! Son message ne me sert à rien. Je viens de passer dix minutes à écouter mes vieux messages à la noix et pour quoi ? Nada, niente, que nenni ! Tout ça pour entendre qu'il a fait une allergie à la moustache d'Alex !!! Ah non, décroche ou je te…

« Vous êtes sur le portable de Christian Linh Chen, indisponible pour le moment. Laissez votre nom, prénom et numéro de téléphone, je ne manquerai pas de vous rappeler. Christian Linh Chen speeking. I am not available, please leave your name and phone number, I call you back as soon as possible ! Nǐ duì bǐjìběn diànnǎo de jīdūjiào líng chǐ ń, bùkě yòng. Liú xià nín de xìngmíng hé diànhuà hàomǎ, wǒ bù huì bù jìdéliǎo. »

Je crois rêver !!! Il connaît combien de langues ?

« Biiiiip » Ah… c'est à mon tour !

« Monsieur Christian Linh Chen, c'est une plaisanterie, j'espère ?! Désolée de vous vouvoyer mais là, j'ai besoin de mettre de la distance parce que si je vous avais sous la main, je crois bien que j'aurais envie de vous étriper ! Vous n'allez pas me laisser comme ça toute la nuit !!!!! Comment voulez-vous que je dorme, moi maintenant ??? J'ai besoin de savoir comment ça s'est passé dans la voiture… si vous pléééééé ?…

— Un problème, Madame ?

— Quoi ? Foutez-moi la paix, vous ! Vous ne voyez pas que je... dis-je en découvrant le visage souriant de Monsieur Chen, le dessus de la bouche tout irrité.

— J'ai pensé qu'un rapport de vive voix serait plus sympathique.

— Oh Linh, que Dieu vous bénisse ! Je vais chercher mon mari à l'intérieur et on arrive. Dites-moi juste que tout s'est bien passé, dis-je en joignant mes mains comme le jour de ma première communion.

— Tout s'est bien passé.

— Alléluia ! Cinq petites minutes et nous sommes là. Ne partez pas ! Pas de blague, hein ?

— Prenez votre temps. Je ne bouge pas !

41.

J'ai enchaîné les bises aux gens que je souhaitais saluer : Maryse, Jean et son épouse et mon copain DJ. Pour les autres, une main levée a suffi. De toute évidence, leur clairvoyance à cette heure tardive est largement diminuée. Vous devriez voir le nombre de bouteilles vides, c'est fou ! Je m'en vais satisfaite de la réussite de la fête. La plupart des invités ont fêté dignement ces années partagées avec Maryse ainsi que l'obtention de l'appel d'offres.

Sèb et moi rejoignons Monsieur Chen, qui nous attend en warning, à quelques pas seulement de l'endroit où le cycliste m'a fauchée. Un frisson me parcourt.

Je rentre dans le véhicule comme pour me mettre à l'abri, la tête la première, suivie de près par Sébastien, à qui je ne lâche plus la main.

— Monsieur Chen, je vous présente Sébastien, mon mari.

— Enchanté, Monsieur.

— Moi de même, dit Sébastien.

— Marie, on se disait « tu ». Combien de fois faudra-t-il te le dire ?

— Ah oui, pardon ! Alors ? Raconte-moi tout dans le moindre détail.

— Bah, il n'y a pas grand-chose à dire, en fait…

— Alors là, ça ne va pas aller du tout Christian Linh Chen ! Tu avais une mission, celle de tout me raconter à l'issue de cette course, dis-je fermement.

Sébastien me regarde avec de gros yeux, l'air de penser que j'exagère mes propos vis-à-vis de ce malheureux chauffeur qui est tombé dans le piège de sa femme complètement « chtarbée ».

— Quelle impatience ! Ça vient, ça vient…

— J'attends !

— Donc, ils n'ont pas arrêté de discuter, je n'ai jamais eu affaire à des gens aussi bavards. Ils ont parlé de tout, y compris de toi.

— Oui, bon… ce n'est pas ce qui m'intéresse ! Je veux savoir comment ils se comportaient ? Est-ce qu'ils étaient proches.

— Un peu…

— Un peu ? c'est quoi un peu ? Je t'ai connu plus bavard, Monsieur Chen !

— Bah, de temps en temps, ils se frôlaient les mains, il lui a touché les cheveux, mais bon, lorsqu'on conduit, ce n'est pas simple de regarder ce genre de détails.

— On dirait que ton plan a marché, lance Sébastien.

— Mouais… et ensuite, continue, Monsieur Chen !

— Bah, j'ai suivi tes consignes, j'ai fait de nombreux détours pour arriver sur les coups d'1 h à côté de la tour Eiffel.

— Parfait ! C'est l'heure où elle s'éteint complètement avant de scintiller pour la dernière fois de la nuit. Trop beau, dis-je, et donc ?

— Ben, en fait, on était à un feu rouge. Le monsieur a dit à la dame « Viens ! on descend là ! » Il m'a lancé un billet de cinquante euros en me disant de garder la monnaie et ils sont descendus. Ils se sont mis à courir pour apprécier le spectacle sous la tour Eiffel. Je les ai perdus de vue.

— Et tu appelles cela « bien passé » ?

— Bah oui, non ?

Je prends une grande inspiration pour contenir mon impatience et mon agacement. Sébastien tente de me rassurer.

— Monsieur Chen a raison, Marie. Un couple qui s'échappe sous la tour Eiffel, c'est plutôt bon signe !

— Bon ! De toute évidence, personne ne me comprend. Il va falloir que j'attende le petit matin pour questionner Carine. Voilà ce que je comprends !

— Marie, tu es limite impolie, là... Monsieur Chen ne pouvait pas les contraindre à rentrer chez eux. Si j'ai bien compris ton plan, je dirais même que c'est une excellente nouvelle. Monsieur, votre mission est largement accomplie, dit-il à Monsieur Chen qui n'ose plus intervenir.

— Merci, Monsieur. Vous êtes sympa, vous.

— Je m'appelle Sébastien et, comme vous tutoyez ma femme, on peut se tutoyer aussi. Elle est chiante, hein ? dit-il en plaisantant.

— Je ne me permettrais pas mais... vous ne devez pas vous ennuyer à la maison, dit-il en éclatant de rire.

Sèb le suit dans son fou rire.

— C'est cela, marrez-vous, messieurs ! dis-je avant d'exploser de rire aussi en me souvenant du déguisement de Monsieur Chen et voyant ses rougeurs luisantes qui témoignent de son investissement dans cette opération.

— Désolée… Linh, dis-je tout en riant. C'est vrai que je suis une vraie chieuse… Je m'en excuse !

Sébastien m'attire à lui et me chuchote à l'oreille :

— Une chieuse, ça c'est clair ! Mais une chieuse que j'aime à la folie, dit-il avant de m'étouffer d'un baiser plein d'amour.

Je m'abandonne sur cette banquette en cuir, regrettant presque la moumoute léopard toute douce de la vraie voiture de Monsieur Chen.

— Hey, vous deux ! Un peu de tenue, s'il vous plaît ! Je vous rappelle que ce n'est pas ma voiture !

— Ah oui, c'est vrai, dis-je toute gênée avant de rire à nouveau. Alors vite, Monsieur le chauffeur, ramenez-nous chez nous ! dis-je en empruntant l'accent de fausse bourgeoise que j'affectionne tant.

42.

J'ai beau être épuisée, je suis furieuse de constater que mes yeux se sont ouverts à cette heure si matinale : 7 h 10.

C'est toujours la même chose. On a beau réunir toutes les conditions qui permettent de favoriser une petite grasse matinée, à savoir, se coucher tard, confier les enfants aux grands-parents et même faire l'amour avant de s'endormir, cette péütéaïène d'horloge physiologique reste fixée sur des horaires indésirables : ceux des jours ouvrés. Cela doit être un minuscule programme installé dans notre cerveau féminin. Oui ! Parce qu'il ne me semble pas que les messieurs soient sujets à ce symptôme.

Bref… Je tente de me rendormir profondément, en vain. Tout au plus, je parviens à somnoler quelques minutes mais j'enchaîne les rêves coquins qui me perturbent. Rêver est une chose mais multiplier les partenaires (parfois du sexe opposé) voire les cumuler, c'en est une autre ! J'en déduis que j'ai un réel problème hormonal et décide d'aller consulter très prochainement mon gynécologue. Je dois avouer que je l'ai un peu boudé ces derniers mois. À chaque fois que je lui rends visite, il me demande : « Alors Madame Corte, c'est pour quand le troisième ? »

Il ignore que j'ai envie de lui crever les yeux, ceux-là même qui s'éternisent un peu trop sur mon corps pendant l'examen. La fois dernière, je ne me suis pas démontée, je lui ai rétorqué :

— Vous me dites cela à chaque fois. Combien vous en avez, vous, des enfants ?

Vous n'imaginerez jamais sa réponse. Avec son petit sourire vicieux, il m'a répondu :

— Légitimes ou illégitimes ?

À cet instant, je me suis promis de ne plus jamais remettre les pieds dans son cabinet. Tout en contenant mon horreur et en crispant davantage mes muscles, j'ai précisé :

— Les illégitimes, c'est votre problème ! Cela ne me regarde pas !

— J'en ai deux, une fille et un garçon. Détendez-vous Madame Corte, vous êtes toute crispée. Détendez-vous !

Tu m'étonnes que je suis crispée ! Je tente de me concentrer sur la conversation initiale. Il a deux enfants, une fille et un garçon, comme moi. Je dis :

— Bah alors ? vous aussi vous avez le choix du roi ! Donc, pas besoin d'en avoir d'autres !

Qu'on en finisse vite ! me dis-je à chaque fois. Et pourtant allez savoir pourquoi, je finis toujours par retourner le voir. La simple idée de rechercher quelqu'un d'autre me freine. C'est un monsieur expérimenté, qui a soigné tous mes bobos gynécologiques, qui me suit depuis la toute première fois que j'ai poussé la porte d'un cabinet spécialisé pour nénettes (ou zézettes, c'est pareil).

En attendant qu'il soit une heure raisonnable me permettant de prendre des nouvelles de Carine, je me lève et profite de l'absence des enfants pour faire le ménage. Les moutons commençaient à créer de vrais troupeaux sur le sol blanc immaculé de ma salle de bains.

Voici un conseil pour les futurs acquéreurs : ne choisissez jamais un carrelage blanc pour le sol, ni noir d'ailleurs. Le blanc, parce que si vous avez les cheveux (et pas que les cheveux d'ailleurs) foncés, votre sol ne sera jamais nickel. Le noir parce que la poussière et les traces de chaussures s'y voient immédiatement. Si vous ne voulez pas être esclaves de votre intérieur, privilégiez le gris. C'était la parenthèse déco.

Je commence par les miroirs sur lesquels mes artistes du soir s'adonnent à l'éclaboussage de dentifrice. On dirait qu'ils crachent sur le miroir plutôt que dans la vasque. Ensuite, je m'attaque justement aux vasques pour retirer les traces de calcaire et de dentifrice.

Pff… tout cela est bien ingrat. Mes envies de femme de ménage ressurgissent. Maintenant que je travaille, je vais sérieusement remettre cette folle idée sur le tapis. Bon, la priorité va évidemment à la nounou.

Je poursuis mes tâches ménagères dans les chambres des enfants. C'est le monde à l'envers. Celle d'Alex est scrupuleusement rangée alors que celle de Stella est sens dessus dessous. Mon petit garçon serait-il plus ordonné que ma grande fille ? Le monde ne tourne plus rond, je vous le dis !

Ce sport matinal m'a épuisée. Je me rallonge aux côtés de Sébastien qui dort comme un bébé, et ferme les yeux cinq minutes.

43.

Cinq minutes, mon luc, oui ! Quand je les ouvre, il est… punaise !!! 11 h 53 ! Sèb est supposé être au travail ! Comment le réveiller sans prendre une soufflante ? On avait bien mis le réveil à 9 h 30 sauf que lorsque je me suis réveillée, je ne pensais pas me rendormir. Il va encore s'énerver. J'invente un truc, n'importe quoi :

— Mon lapin, lève-toi, le réveil n'a pas sonné ! Il est tard… dis-je pour le ménager.

— Tard comment ? articule-t-il dans un mouvement de bouche pâteuse.

— Tard… comme… presque midi.

— Bordel ! Putain ! dit-il en sautant du lit.

Euh… j'ai envie de lui dire de surveiller son langage, mais je crois que je ferais mieux de me taire.

— Comment ça, il n'a pas sonné ? dit-il en rentrant dans la douche.

— Euh, bah, je ne sais pas… Les piles, peut-être.

— Fais-moi le plaisir de les changer tout de suite, je suis censé donner l'exemple à mes collaborateurs, arriver à l'heure…

OK, j'allume la musique et lui mets sa station préférée au volume sonore qu'il apprécie et que je déteste mais peut-être qu'il se calmera et au moins, il pourra continuer de beugler, je ne l'entendrai plus.

Je bondis sur mon portable pour envoyer un SMS à Carine et un autre à Nick.

À Carine : *« Ça va ? Le retour avec Nick s'est bien passé ? »*

Je suis fière de moi, ni trop curieuse, ni trop intrusive. Je prends simplement des nouvelles de ma copine et c'est normal. C'est quand même moi qui l'ai mise dans un taxi avec un homme qu'elle connaît à peine.

À Nick : *« Bonjour, Carine est-elle ta nouvelle chaussure ou pas ? »*

Je vais droit au but avec lui. Il faut que je sache si le feeling est passé.

Pas de réponse, je trépigne alors que Sèb beugle :

— Tu peux allumer le fer à repasser, s'il te plaît ?

— OK, dis-je en ne le faisant pas.

« Bip-bip » C'est Carine qui écrit : *« Oui très bien. Nick est très sympa. »*

C'est tout ? Bon, j'en espérais davantage. Il est vrai que nous n'avons pas souvent abordé la question des hommes. C'est un sujet tabou depuis que j'ai découvert qu'elle était mariée à un tennisman russe et qu'il est décédé il y a plusieurs années. Je lui réponds *« Et ?? »* et reçois pour toute réponse : *« Je te raconterai plus tard. Gros bisous »*

OK, voilà qui est clair ! Inutile d'insister, je n'en saurai pas plus de son côté. J'insiste donc auprès de Nick : *« Pas de réponse ! Tu dors ? »* Je reçois un *« Oui ! »*.

D'accord, de toute évidence, ils ont décidé de garder le silence. Quand je pense que moi, je me décarcasse pour les caser et eux, ils me traitent de la sorte, ils auraient pu au moins me dire s'ils ont ou non...

— Marie, pourquoi le fer n'est pas branché ? me demande Sébastien en tenant la prise électrique dans sa main.

Oups ! Décidément... Si je continue, il va finir par oublier notre récente réconciliation et demander le divorce.

— Euh... il n'y a peut-être plus de pile, dis-je en faisant une moue d'enfant triste et coupable.

Je ferme les yeux en pensant qu'il va hurler de plus belle parce qu'au fond, ce serait tout à fait justifié. Au lieu de cela, il m'enlace et dépose un bisou sur ma bouche en disant :

— Toi, tu ne t'es pas encore brossé les dents.

— Euh non, pas encore...

J'aurais pu recevoir plus gros châtiment. Je lui rends son étreinte en lui disant :

— Ouf... j'ai cru que j'allais me faire engueuler. Sèb ?

— Quoi ? Qu'est-ce qu'il y a ? demande-t-il tout en commençant son repassage de chemise version rapide, c'est-à-dire l'avant, les manches et le col.

— Je voulais te dire merci. On n'a pas reparlé des messages... Tu sais ? Je n'ai pas forcément envie de remettre ça sur le tapis, alors juste, merci mon lapin. Merci de m'accepter telle que je suis, avec mes défauts et mes qualités.

— Marie, pour le meilleur et pour le pire, non ? Et surtout pour le pire ! ajoute-t-il en riant.

— Ah ah ah !

44.

Il m'a fallu attendre le lundi pour en savoir plus au sujet de Nick et Carine. À vrai dire, le pot de départ de Maryse m'a mise tellement à plat que j'ai passé le week-end à roupiller partout où j'ai pu : chez Lidia et Antoine lorsque je suis allée chercher les enfants samedi après-midi, au volant de la voiture à un feu rouge alors qu'on rentrait des courses, c'est Stella qui m'a sortie de ma sieste flash, dans le lit d'Alex qui n'avait pourtant pas envie de faire la sieste et avec qui j'ai dormi trois heures. Je suis fatiguée, trop fatiguée. Je n'ai pas non plus eu le temps de déprimer le dimanche soir car je me suis effondrée devant la télé avant même que le générique du film ne commence.

Comment se fait-il qu'à trente-cinq ans, je me sente si épuisée après avoir fait la fête jusqu'à 2 h du matin ? Où est l'énergie de mes vingt ans ? Lorsqu'on se couchait au petit matin après avoir foulé le *dance floor* des boîtes de nuit d'Ibiza et d'ailleurs ? Hein ? Où ?

C'est mon premier jour de travail sans Maryse, mon mentor. Émilie m'accueille avec un café. Cette fille est adorable. Elle doit avoir mon âge. J'avoue ne pas avoir étudié son dossier de près mais elle paraît mériter beaucoup plus que le poste qu'elle occupe. Je creuserai son avenir plus tard. Je fonce directement dans le bureau de Nick qui a déjà la tête baissée dans ses dossiers.

— Toc-toc !! Je peux entrer ?

— Bien sûr ! Entre !

— Ça va ? Tu as déjà pris ton café ?

— Oui, je suis arrivé de bonne heure, j'avais des tas de choses à régler. J'aime arriver tôt.

Il se lève pour me faire la bise et se rassoit immédiatement. Il semble distant.

— Bon, tu sais bien sûr pourquoi je suis là ? dis-je, espiègle.

— Non, pas vraiment. Qu'est-ce qui t'amène ?

— Allez, arrête de me faire marcher ! Je veux savoir si Carine et toi… Tu sais, quoi… Est-ce qu'elle t'a plu ?

— Ah ! Ça ! Bien sûr, j'aurais dû m'en douter ! Je présume que tu avais tout manigancé ? dit-il avec un sourire mal dissimulé.

— On ne peut rien te cacher ! Mais je ne peux pas forcer les choses. Écoute, je ne vais pas y aller par quatre chemins, je te demande de me répondre par oui ou par non, OK ?

— OK, capitule-t-il.

— Est-ce que vous avez passé la nuit ensemble après la fête ?

Il hésite, sourit, me regarde intensément, détourne le regard, se lève, observe le jardin où les fleurs de cerisiers ont bourgeonné, me regarde à nouveau et finit par lâcher…

— Oui et non.

— J'avais dit oui ou non ? C'est ou l'un, ou l'autre.

— Oh, Marie, t'es bien curieuse.

— Tu me dois bien cela, Nicolas. Je te signale que tu m'as pas mal chamboulée ces derniers temps. J'ai besoin de savoir si tu es passé à autre chose. Alors oui ou non ?

— OK Marie. Je te le dis mais cela reste entre nous. Carine n'apprécierait pas.

— Bah c'est mon amie, je finirai bien par le savoir.

— OK. Donc, oui, nous avons passé la nuit ensemble et non, nous n'avons pas « hum-hum » parce que, techniquement, ce n'était pas possible, dit-il tout penaud.

— Comment ça « techniquement, ce n'était pas possible » ?

— Tu es une femme, tu es bien placée pour comprendre le « techniquement ».

Je réfléchis un court instant avant de percuter.

— Ahhhhhhhhhhh… tu veux dire que, comme le dit le proverbe chinois « Rivière coule rouge », dis-je avant d'exploser de rire à ma propre blague.

— Voilààààà ! Eh ben, tu as mis le temps !

— Bon alors, c'est une affaire qui roule ! Ah ! Tu n'imagines même pas à quel point je suis heureuse de ce que tu viens de me dire, dis-je en lui sautant dans les bras. Merci ! Ouf… quel soulagement ! Donc, vous auriez « hum-hum » si techniquement, elle n'était pas en révision. Ah, que je suis heureuse !! Félicitations !

— Bon, Marie, calme-toi… On ne va pas se marier demain tout de même !

— Oui, bon, OK… mais je suis heureuse quand même ! dis-je en m'apprêtant à quitter son bureau avec un large sourire. Tu sais ce que dit le dicton chinois ?

— Marie, on connaît tous ce fameux dicton chinois ! Par pitié, ne le dis pas, je veux garder une image positive de la directrice des ressources humaines de « J'étais elle ». Un peu de dignité, s'il te plaît.

— Comme tu voudras ! À plus tard, Fornickator !

— Marie ! Ne dis plus jamais ça ! s'écrit-il, scandalisé.

— Ça dépendra si tu es sage ! Bonne journée, mon patron adoré ! dis-je en retournant dans mon bureau, enjouée et totalement satisfaite.

45.

« Quand rivière coule rouge, emprunte chemin boueux ! » Rivière coule rouge… Rivière coule rouge ? Mais depuis quand la mienne n'a pas coulé ? OK, j'ai les seins douloureux depuis quelques jours mais aucune rivière imminente. Bon sang ! Je perds immédiatement le sens de l'humour. Je m'enferme dans mon bureau et appelle fissa Sandra. Habituellement, nous avons nos règles en même temps, alors elle va me rassurer tout de suite.

— Salut Sandra ! C'est Marie !

— Bah oui, je le vois, ton nom s'affiche sur mon tél. T'as pas l'air d'aller bien. T'as une petite voix.

— Si si, tout va pour le mieux. Dis-moi, chère petite sœur, quand sommes-nous censées avoir nos machins ? dis-je en prenant un air détaché.

— Bah, je suis en plein dedans. C'est même bientôt la fin, pourquoi ?

— Hum hum. Bon, bah très bien, je te remercie. On se rappelle, hein ? Bisous à toute la famille. Ciao !

Je raccroche en tremblant. Il me faut une pharmacie, vite ! Je tapote « pharmacie » sur les *Pages Jaunes* pour constater qu'il y en a une à la sortie du métro devant laquelle je passe tous les jours. Je quitte mon poste et passe une tête dans le cagibi qui sert de bureau à Émilie.

— Je m'absente quelques minutes, OK ?

— Pas de problème ! Mais… ça va ? Tu es toute pâle…

— Justement, je vais me chercher un médicament à la pharmacie, je reviens vite !

— Tu veux que j'y aille pour toi ? Tu n'as vraiment pas l'air bien.

— Nan, surtout pas ! dis-je presque en hurlant. Euh… ce n'est rien de grave, dis-je plus doucement. Je vais me débrouiller. Merci, Émilie. À tout' !

Arrivée à la pharmacie, je me sens comme une adolescente qui s'apprête à acheter ses premiers préservatifs. Bien que je n'aie jamais eu à en acheter parce que la mission revient plutôt aux garçons, là tout de suite, je me sens telle que. Je n'ai pas seize ans mais vingt de plus et pourtant, j'en bafouille presque lorsque vient mon tour :

— Bonjour, je voudrais un test de grossesse, dis-je à la pharmacienne.

— Bah, comment le souhaitez-vous ? Regardez, ils sont tous dans le rayon là-bas, dit-elle sans aucune discrétion.

J'ai envie de lui crier « chut !! » mais je la suis sans dire un mot jusqu'au rayon en question.

— Vous avez un retard de combien ? me demande-t-elle.

J'ai beau me creuser les méninges, je ne me souviens pas, ni de mes dernières règles, ni du rapport qui aurait pu déraper. Péütéaïène d'Alzheimer !

— Je ne sais pas exactement. Je ne me rappelle pas lorsque j'ai eu mes dernières règles. Bon, je ne pense pas être enceinte mais la Vierge Marie non plus n'a rien vu venir.

Elle me regarde étrangement.

— La Vierge Marie, mais bien sûr… Bon, prenez celui-ci, c'est le meilleur rapport qualité-prix, dit-elle en l'emportant vers la caisse. Ce sera 7,99 € s'il vous plaît, Madame.

— Désolée pour la Vierge, c'est juste qu'en fait je m'appelle Marie aussi.

— Ah, très bien, dit-elle pour me faire plaisir. Ce sera tout ?

— Oui, c'est déjà pas mal. Merci.

— Au revoir et bonne chance !

— Euh… merci.

Tu parles d'une chance ! Je retourne vers le bureau en titubant. Non, je ne peux pas être enceinte. Quand cela a-t-il pu se produire ? C'est impossible ! Sauf qu'en fait, c'est tout à fait possible puisque je ne prends pas la pilule. J'ai arrêté de la prendre lorsque Sèb et moi sommes rentrés de notre voyage de noces, il y a fort longtemps. Même si le projet d'avoir un enfant n'était pas imminent, je l'avais stoppée, pour « préparer mon corps ». On fait toutes cela après le mariage. On prépare son corps. Pff…

Bref, après la naissance de Stella et d'Alex, quand il a été question de prendre de nouveau une contraception, je n'ai pas voulu. Je n'ai plus jamais avalé ces petits comprimés. Pour tout avouer, j'avais peur qu'ils me donnent le cancer alors d'un commun accord avec Sèb, on a convenu de « faire attention ».

Punaise, j'espère que je ne suis pas enceinte. Hey, toi, là-haut !!! Si t'existes, fais que je ne sois pas enceinte !

Léa me toise lorsque je repasse devant l'accueil. J'ai envie de lui demander si elle veut ma photo, mais au lieu de cela, je lui dis :
— Tout va bien, Léa ?
— Oui, Madame Corte. Et vous ?
— Oui, je te remercie.
— Euh… Je voulais vous dire… C'était une belle soirée, vendredi. Bravo pour l'organisation, c'était très chouette. J'ai kiffé ! me dit-elle avec un premier sourire sincère.
— Eh bien, tu m'en vois ravie ! À plus tard, Léa !
— À plus tard, Madame Marie !
— Marie tout court, Léa ! Marie, tout court ! dis-je exaspérée.

Je monte directement à l'étage le plus calme, à savoir celui où se trouve le bureau de Nick, pour me rendre aux toilettes, afin de faire pipi sur le test… qui sera négatif de toute évidence.

Voilà, l'opération est exécutée avec brio. Je n'ai plus qu'à attendre quelques minutes. Faire pipi sur un test est la chose la plus incongrue que j'aie eu à faire dans ces toilettes. Quoiqu'en y pensant bien, il s'en est passé des choses dans ces toilettes.

Je n'ose pas regarder le test parce que je crains le résultat. J'ai peur. Je grelotte. Je lis la notice pour m'assurer que le fonctionnement n'a pas changé. SI le trait apparaît, le test est positif, je suis enceinte. S'il n'y a pas de trait, il est négatif donc pas enceinte.

Allez, courage Marie ! De toute façon, c'est certain, je me fais du souci pour rien. J'ai beau réfléchir, on a toujours fait attention, il n'y a aucune raison pour que le test soit...

« POSITIF ???????!!!!!!!! »

Punaise ! Je ne rêve pas ! Il a beau être quasi invisible, le petit trait rose est là, pâle, certes, mais bien là ! Purée, je suis enceinte ! J'en tombe sur la cuvette. Des larmichettes me viennent machinalement. J'ai toujours cru que cela n'arriverait plus jamais. J'ai toujours dit que je serais incapable d'avorter si j'apprenais que j'étais enceinte. J'ai adoré être enceinte. C'est après que cela se gâte : les insomnies, les soucis, les vomis, l'allaitement... OH MON DIEU ! Ce péütéaïène de test est positif !

Je suis coincée dans ces toilettes, je n'arrive pas à en sortir. Il faut que j'appelle quelqu'un. J'envoie un SMS à... Nicolas.

Moi : *« Tu peux me rejoindre, s'il te plaît ? »*

Lui : *« Où ? »*

Moi : *« Dans les toilettes de ton étage. »*

Lui : *« Encore ? Si c'est un rendez-vous, je te signale que je vois quelqu'un... ;-) »*

Moi : *« Viens ! C'est grave ! »*

J'entends le « bip-bip » qui annonce l'arrivée de mon SMS sur son portable. Il est déjà là. Je déverrouille la porte pour qu'il entre.

— Grave ? Que se passe-t-il, Marie ? s'inquiète-t-il.

— Nick, les nausées, les vomissements, les sautes d'humeur, les larmes intempestives… c'est parce que je… dis-je en lui montrant le test.

— Tu es enceinte ? Je ne suis pas le père, j'espère !

— Par le biais du Saint-Esprit ?? On n'a jamais couché ensemble, je te signale !

— Oui, excuse-moi… C'est à cause de mes rêves…

— Ah oui, tes rêves… Sauf que là, ce n'est pas un rêve. C'est un cauchemar ! Regarde ! Je suis enceinte, Nick, dis-je en pleurant de plus en plus fort.

— Écoute, Marie, calme-toi. Je ne devrais pas te dire cela parce que je suis ton employeur et que bien sûr, cela ne va pas m'arranger mais là, c'est l'ami qui te parle. Sébastien et toi formez un super couple. Vous avez déjà deux enfants, ton petit va avoir trois ans. Un troisième, ce n'est pas si grave, non ? C'est même une jolie nouvelle, je trouve… Allez, sortons de là !

Je renifle de plus belle en le suivant. Nick a raison sauf que… ni Sèb, ni moi ne voulions d'un troisième enfant. Comment vais-je le lui annoncer ? Il voudra que j'avorte et j'en suis incapable. Je pose ma main sur ma petite bouée. Je le sens, je le sais, je l'aime déjà, ce petit bébé.

46.

« Secrétariat du Docteur Simon, bonjour ! »

— Bonjour, je voudrais un rendez-vous en urgence, s'il vous plaît ?

— Il a deux mois d'attente, chère Madame.

— J'ai dit en urgence ! dis-je sur un ton bien moins aimable.

— Bon, bon, très bien. Il se trouve que nous venons d'avoir un désistement, demain à 9 h 45.

— Voilà qui est mieux ! Je prends !

— C'est à quel nom ?

— Marie Corte, je vous l'épelle : C-O-R-T-É.

— Vous n'avez pas changé de numéro de téléphone depuis la dernière fois ?

— Non.

— Alors, c'est noté. Demain à 9 h 45. Au revoir.

C'est une bonne chose de faite. J'ai vingt-quatre heures pour prévenir Sébastien, que je compte emmener avec moi. Je m'étais juré de boycotter le Docteur Simon, je n'irai donc pas seule, surtout pour une chose aussi importante. Je parie qu'il va me dire : « Et le troisième, c'est pour quand ? »

J'ai une idée, je vais proposer à Sébastien de venir déjeuner avec moi. Je lui téléphone fissa :

— Allô !

— Salut ! Ça va depuis ce matin ?

— Bah oui pourquoi ?

— Est-ce qu'on peut déjeuner ensemble ce midi ?

— Euh… ça ne m'arrange pas vraiment, c'est lundi et je réunis mes commerciaux.

— Ah… C'est embêtant. J'ai quelque chose à te dire, Sébastien, mais je ne peux pas t'en parler au téléphone.

— Ah… C'est quel genre de nouvelle ? Bonne ou mauvaise ?

— Ça dépend. Je ne peux pas t'en parler comme ça. Essaie de te libérer pour déjeuner, s'il te plaît. C'est important.

Je l'entends dire à son assistante : « Christine, décale la réunion d'une heure, je dois m'absenter pour des raisons personnelles. »

— Tu es au bureau, Marie ?

— Oui, bien sûr, où veux-tu que je sois ?

— OK, ne bouge pas, laisse-moi le temps d'arriver.

— D'accord. Appelle-moi quand tu seras là, on se retrouve chez Jean, au café. Tu sais, là où nous avons fait la fiesta l'autre soir.

— OK.

« Bip bip » C'est un message de Carine : *« Salut, Marie, je récupère tes enfants ce soir ? »*

Moi : *« Oui, merci… Est-ce qu'on peut se téléphoner ? ☹ »*

Elle : *« Bien sûr. Je t'appelle ! »*

« Dring ! » Oui, je sais, les téléphones ne sonnent plus comme cela aujourd'hui mais bon…

Je décroche :

— Salut, Carine ! C'est sympa de me rappeler.

— J'ai l'impression que quelque chose ne va pas, Marie. Je me trompe ?

— Tu as raison… Je te le dirai après mais d'abord, je veux savoir ! Alors ? Tu ne m'as pas raconté ? Nick est sympa, non ?

— Sacrée toi !!! Nick est super sympa, tu veux dire ! Où as-tu dégoté cette perle ?

— C'est trop long à t'expliquer. Il te plaît ?

— Oui, trop ! D'ailleurs, je ne sais comment te remercier pour cette rencontre mais…

— Quoi ? Quoi ? Mais ? Il n'y a pas de « mais » qui tienne, Carine !

— Je sais… mais… j'ai la trouille ! Ça va tellement vite ! Je ne maîtrise absolument pas mes sentiments. Je ne me reconnais pas ! J'ai peur de me faire avoir.

— Waouh, mais c'est génial !!! J'adore ce « mais » !

— Est-ce qu'il t'a dit quelque chose à mon sujet, ce matin ? me demande-t-elle.

— Pas vraiment… dis-je en occultant la rivière rouge, mais je suis certaine que tu lui plais aussi. C'est un type bien. Il a envie de se poser, de fonder une famille, de…

— Wow wow wow ! Ne va pas trop vite, Marie ! On va laisser faire le temps, OK ?

— Sauf que, sans vouloir être vache avec toi, tu as trente-neuf ans et que si tu veux un autre enfant, le temps t'est compté, dis-je en pensant à Maryse.

— OK… changeons de sujet, s'il te plaît. Et toi ? Qu'est-ce qui te contrarie ?

Je commence à sangloter.

— Marie ? Tu pleures ?

— Un peu…

— C'est grave ?

— Je… suis… enceinte, Carine, dis-je en reniflant.

— Génial ! Félicitations !

— Euh… merci, sauf qu'en réalité, c'est un accident et qu'il n'était pas du tout, mais alors pas du tout prévu.

— Ah… je comprends mieux. Qu'est-ce que tu vas faire ?

— Déjà, je dois annoncer la nouvelle à Sébastien et je pense qu'il ne sera pas content. Il va arriver d'une minute à l'autre. Ensuite, je ne sais pas… Je n'ai jamais eu à réfléchir à l'éventualité d'un troisième car pour moi, enfin pour nous, l'hypothèse n'était pas envisageable. J'avoue que je suis paumée.

— Marie, je comprends que tu sois perturbée. Tu as vécu beaucoup de choses depuis l'an dernier. Ce bébé est un cadeau du ciel. Parlez-en avec Sèb, je suis certaine que sa réaction sera différente de celle que tu crois.

— Ça m'étonnerait… Mais je te remercie pour tes encouragements. Nick et toi, vous êtes faits l'un pour l'autre. Je le sens ! Et tu sais que le flair d'une femme enceinte vaut pour trois !

— Ah bon, d'où tu sors cela ? dit-elle dubitative.

— Je ne sais pas… dis-je en souriant, j'avais envie de le dire.

— Tu es adorable. Donc, ce soir, je récupère Alex et Stella ? demande-t-elle pour changer de discussion.

— Oui, s'il te plaît. De toute évidence, si la situation se confirme, ma carrière est fichue. Je vais pouvoir m'occuper de mes enfants à profusion. Désolée pour le sarcasme, ça fait partie des émotions ressenties par la femme enceinte.

— Pas de souci, Marie ! À ce soir ! Et bonne chance avec Sébastien. Tout se passera bien.

Nous raccrochons. Je n'ai pas le temps de me concentrer sur les tâches quotidiennes, Sèb me bipe : « *J'y suis !* »

47.

Sébastien est là, visiblement soucieux, en train de feuilleter le journal. En me voyant, une petite ride lui barre le front. Il se lève et hésite à m'embrasser. Je l'aide un peu :

— Merci d'être venu, mon chéri.

— Ça avait l'air important.

— Ça l'est. Je ne sais pas comment commencer.

— Écoute, Marie, tu m'inquiètes grave alors s'il te plaît, va droit au but !

— Bon... Tu sais, la nuit, là, quand je n'arrivais pas à dormir et que je t'ai réveillé en pleine nuit, tu sais, pour « hum hum » ?

— Oui, bon ! Et ?

— Eh bien, je crains qu'il y ait eu un petit dérapage et...

Je dépose le test sous son nez.

— C'est quoi, ça ?

— Tu sais très bien ce que c'est. C'est au moins la troisième fois que t'en vois un.

— Nooooooonnnnnn ?? Ne me dis pas que...

— Si... Il est positif.

— Putain ! lâche-t-il.

— Euh... Je me doutais que ce serait ta première réaction mais s'il te plaît, pas de vulgarité. Je suis comme toi, complètement abasourdie et franchement, je ne sais pas comment gérer cette information.

— ...

— Qu'est-ce qu'on va faire ?

— ...

— Bah, Sèb, dis quelque chose. S'il te plaît.

— Euh... Bah... C'est-à-dire que... là... je...

— Bon, OK ! Jean ! S'il te plaît, apporte-nous un whisky et une eau minérale !

— Un whisky, à cette heure, tu es sûre ? demande Jean depuis le comptoir.

— Affirmatif ! Je sais bien que nous ne voulions pas de troisième mais tu sais aussi que je vais être incapable d'y mettre un terme. Merci ! dis-je à l'intention de Jean, qui dépose ma commande sur notre table.

— Je suppose que le whisky est pour Monsieur.

— Oui et l'eau pour moi. Merci Jean, sous-entendu « tu peux disposer ».

Sébastien avale son verre cul sec, un peu comme moi lorsque j'avale ma coupe de champagne, sauf que vous verriez sa tête, il passe du blanc au rouge. Il aurait mangé un piment que cela lui aurait fait le même effet. C'est risible alors je souris.

— Ahhhh ! Bah, ça va mieux ! dit-il, retrouvant l'usage de la parole.

— Un deuxième ?

— Non ! Je crois que j'ai un max de responsabilités si je veux nourrir ma grande famille. De toute façon, je lis dans tes yeux. Ta décision est déjà prise et moi, je n'ai plus qu'à me faire à l'idée qu'on sera cinq, enfin six en comptant le chat ! Si tu veux ce bébé, on l'aura ! J'imagine que tu vas vouloir arrêter de travailler pendant un moment. En réalité, ça tombe bien parce qu'il est question que je sois promu. Je ne voulais pas t'en parler avant que ce ne soit officiel.

— Oh, mais c'est génial ! Je suis trop fière de toi, mon amour.

— Punaise ! Est-ce que j'ai bien compris ? On va avoir un autre enfant ? reprend-il.

— Oui, chéri… J'ai rendez-vous demain chez le gynéco pour en avoir la certitude mais généralement ces petites choses ne se trompent pas, dis-je en secouant le test. D'ailleurs, on ira ensemble, tu veux bien ?

— Bien sûr ! Et pour ton travail, Marie ? Comment tu comptes faire ?

— Je n'ai pas encore réfléchi. Tout ça est tellement soudain. Je suis sous le choc, dis-je en sortant les mouchoirs pour essuyer mes larmes. Je suis complètement bipolaire. Un coup, je pleure. Un coup, je ris. On va avoir un bébé, Sèb… Oh mon Dieu !

Sébastien m'a serrée longuement dans ses bras avant de repartir à son travail. Quant à moi, je retourne à mon poste plus légère, partiellement soulagée. Carine avait raison. Sébastien me surprendra toujours. Même s'il tombe de haut, il a cette faculté de retomber sur ses pattes. Je comprends pourquoi lui et Rocky s'entendent si bien. Mince, le chat ! Lui non plus ne va rien comprendre à l'arrivée d'un nouveau membre dans la famille. Oh, j'y pense, je ne suis pas immunisée contre la toxoplasmose. Pff… Oh et dire que je vais devoir de nouveau endurer tout cela, les analyses chaque mois, les échos, le test au glucose, la prise de poids, les insomnies, les varices, les vergetures, les pieds qui gonflent, les reflux gastriques... Que du bonheur ! Mince alors ! Et dire qu'Alex n'est même pas propre ! Oh, mon Dieu, dans moins de neuf mois, nous serons cinq !

48

Je n'ai pas fermé l'œil de la nuit. Sébastien non plus d'ailleurs. On se tenait côte à côte, sans se toucher par peur de réveiller l'autre alors que ni lui, ni moi ne dormions. On a cogité chacun dans son coin.

À part ces nausées occasionnelles, je n'ai pas de symptômes. Je ne me sens pas particulièrement enceinte. Je saisis de temps à autre le test pour m'assurer que je n'ai pas rêvé l'apparition de la petite ligne rose. Non, elle est toujours là. Je ne réalise pas.

J'ai pris ma matinée pour pouvoir aller chez le docteur. Nick est très compréhensif. C'est un amour ! Et dire qu'il y a seulement quelques jours, je m'imaginais dans ses bras… Ouh là là… je chasse vite la mouche ! Ce sont encore mes hormones en ébullition qui me jouent des tours. Sébastien est silencieux. Je le comprends. C'est un choc. Je suis moi-même très perplexe face à la situation. Comment nos proches vont-ils accueillir la nouvelle ? Je ne suis même pas certaine qu'ils se réjouissent pour nous. On leur a toujours dit que « la boutique était fermée ! » et ils en semblaient soulagés.

Sèb et moi accompagnons les enfants à l'école et à la crèche. On se tient par la main tous les quatre. J'adore ce moment, même les obstacles sur le chemin ne nous séparent pas. Nous sommes solides, nous surmontons les épreuves, nous sommes unis, nous sommes une famille.

9 h 45. Confortablement installés dans la salle d'attente, nous attendons notre tour. Je constate que les magazines sont les mêmes que la fois dernière, certains ont plus de deux ans.

— Ça va ? me susurre Sébastien.

— Mouais... j'ai mal au ventre... c'est sûrement le stress.

Monsieur Simon raccompagne sa patiente jusqu'à la porte de son cabinet. Il la salue poliment tout en lui serrant la main. Il jette un œil dans la salle d'attente :

— Madame Corte, c'est à nous !

— Bonjour, Docteur ! dis-je en me levant.

— Ah, je vois que Monsieur est là aussi.

— En effet !

— Entrez ! Asseyez-vous !

On s'installe pendant qu'il feuillette mon dossier avec ses petites lunettes posées sur le bout du nez.

— Eh bien, je ne vous ai plus revue depuis presque deux ans. Ce n'est pas bien, ça ! Qu'est-ce qui vous amène, un petit troisième, peut-être ? dit-il en nous regardant par-dessus ses lunettes.

— Euh... c'est justement ça, Docteur.

— Mais vous n'en vouliez pas d'autres, me semble-t-il ?

— Il n'y a que les imbéciles qui ne changent pas d'avis ! dis-je avec une pointe d'agacement dans la voix.

— Eh ben, on va vérifier ça mais d'abord, la date de vos dernières règles ?

— Mi-février. Enfin, je crois.

— Bah, vous n'êtes pas en retard ! Comment savez-vous que vous êtes enceinte ?

— J'ai fait un test. Tenez, le voilà ! dis-je en le sortant du sac.

— C'est bon, rangez-le ! dit-il inquiet à l'idée de voir se propager sur son plan de travail des bactéries urinaires. On va faire une échographie, on le saura vite fait, bien fait ! Vous pouvez vous déshabiller. Le bas suffira.

Quel vicelard ! Quand Sèb n'est pas là, il me fait tout enlever. Il prépare son attirail. Il introduit l'engin là où il le faut et commence à le faire tournicoter à l'intérieur de moi. Il commence son descriptif auquel je n'ai jamais rien compris. Tout est gris ou blanchâtre, au choix. Puis, j'aperçois la petite masse sombre. Il essaie de se stabiliser dessus.

— OK, je vous confirme, vous êtes bien enceinte. Vous voyez ça, demande-t-il en pointant la petite tache, c'est l'embryon.

Sébastien perd quelques couleurs. Il tente un petit sourire crispé en ma direction mais je sens bien qu'il est plein d'appréhension. Le docteur poursuit.

— Attendez ! Un petit instant...

— Quoi ? Qu'est-ce qu'il y a, Docteur ? Un problème ?

— Juste un petit instant... Oui, c'est bien ça... Il y en a un deuxième.

— Quoi ?

« Boum ! » Sèb a perdu connaissance, il gît sur le sol, blanc comme un linge. Le docteur lâche son attirail, qui reste à l'intérieur de moi, pour s'occuper de Sébastien.

— Hey, oh ! Monsieur ! Revenez parmi nous !! Coucou, vous êtes là ? dit-il en lui donnant quelques baffes au passage.

— Hey, allez-y doucement, Docteur !!! C'est bon, regardez, il revient à lui ! Arrêtez de le taper !

— Asseyez-vous, Monsieur ! Vous voulez un verre d'eau ?

— Vous n'avez pas un truc plus fort ? bredouille Sèb.

— Nan, il plaisante ! C'est l'émotion. L'eau suffira, dis-je.

— Tenez votre verre et maintenant, restez tranquille que je puisse finir l'examen.

Il reprend son circuit à l'intérieur de moi et cette fois, les petites taches apparaissent plus nettement.

— Eh bien, félicitations ! Vous attendez des jumeaux. On va pouvoir établir la déclaration de grossesse gémellaire. Le terme est début décembre. Vous allez être suivie de près, Madame Corte. Vous pouvez vous rhabiller.

Les mots parviennent au ralenti jusqu'à mon cerveau. Bordel ! Des jumeaux ! Deux bébés ! Il y a deux bébés dans mon ventre ! Jésus, Marie, Joseph ! Hey, toi, là-haut, tu trouvais qu'avec un seul, ce n'était pas assez compliqué ? Tu m'en as envoyé deux !!! Nan, mais qu'est-ce qu'il t'est passé par la tête ? Qu'est-ce que j'ai fait pour mériter ça ?

Sébastien a définitivement perdu l'usage de la parole. D'ailleurs, il ne bouge plus beaucoup non plus. Le choc est trop intense. À l'issue du rendez-vous, je peux le déposer à l'asile psychiatrique, d'ailleurs, un petit séjour en maison de repos me ferait le plus grand bien à moi aussi.

— Ça va aller, le monsieur ?

— Oui, oui. Il faut qu'il digère l'information. Déjà d'apprendre que j'étais enceinte, ça a été un choc mais d'en avoir deux, c'est une catastrophe nucléaire !

— Ah… vous savez que vous pouvez…

— Hors de question, ne le prononcez même pas !

— Très bien. Alors on se revoit dans cinq semaines. Ménagez-vous ! C'est compris ?

— Oui, Docteur.

Il finit la paperasse. Sèb est toujours sans voix, les yeux dans le vide, immobile et livide. Il finit par se lever lorsque le docteur lui tend la main en le félicitant : « Bravo, Monsieur, vos spermatozoïdes sont des flèches ! Avez-vous pensé à faire un don ? »

Il n'a pas répondu. J'ai souri et nous avons disposé.

Sur le parking, je lui prends les clés dans la poche de son manteau et l'installe sur le siège côté passager, comme un petit vieux de quatre-vingt-dix ans. J'entreprends un long monologue réconfortant tout en conduisant :

— OK, mon lapin. Ce n'est rien ! On va s'en sortir. Cela paraît grave comme ça mais c'est que dalle ! Ils vont être en bonne santé, ils seront adorables, feront leurs nuits à un mois ; je suis certaine que tout va bien se passer. On n'a pas de problème d'argent et nous sommes très entourés. Nous serons une hyper grande famille, dis-je en prenant un air convaincu. Bon, Sèb, ce silence commence à être lourd. S'il te plaît, dis quelque chose !

Enfin, après quelques secondes qui me paraissent une éternité, il pivote la tête, me regarde intensément de ses yeux verts que j'adore, pose sa main gauche sur ma cuisse et finit par lâcher :

— Marie, on va devoir changer de voiture.

49.

Sébastien va mieux. Nous avons décidé d'attendre un peu avant d'annoncer la nouvelle à la famille et aux amis, histoire que le délai minimum se passe sans encombre. On réfléchit déjà à la réorganisation de l'appartement et même si nous y sommes très bien, on envisage très sérieusement de le vendre pour acheter une maison. L'arrivée d'un enfant est déjà un chamboulement, mais l'arrivée de deux bébés simultanément est une réelle révolution. Ils en savent quelque chose chez les Corte puisque Sébastien et Célia étaient eux-mêmes des jumeaux. Bref… chaque soir, après la journée de travail, on se retrouve dans le lit à faire et à défaire notre futur monde. Dois-je continuer à travailler ? Dois-je m'arrêter pour une durée indéterminée ? Doit-on déménager ? Comment va-t-on l'annoncer aux enfants ? À nos parents ? Aux frères et sœurs ?... On rit beaucoup et cette complicité retrouvée me rend joyeuse, follement amoureuse de mon homme et super fière de tout ce que nous avons déjà accompli et ce qu'il nous reste à construire encore.

Après d'interminables discussions et câlins, je finis par plonger dans les bras de Morphée avant de me réveiller en pleine nuit, reposée et fraîche, prête à affronter des heures de réflexion avant que le reste de la tribu ne se réveille.

Je réfléchis beaucoup à mon avenir professionnel. Quel sera-t-il avec quatre enfants ? Je n'y arrive déjà pas avec deux, alors avec quatre, je n'ose pas y penser.

Je suis à un nouveau tournant de ma vie. Et si je faisais un truc pour moi, rien que pour moi ?

Il y a plus d'un an, j'avais entrepris d'écrire un roman. J'avais griffonné quelques lignes sur un calepin lors d'une nuit d'insomnie et puis, pour une raison que j'ignore, j'ai laissé tomber.

Je repense à mon quatorzième anniversaire. Mes parents m'avaient offert une machine à écrire. Déjà à l'époque, j'adorais écrire. Le soir, après avoir fait mes devoirs, je plongeais dans mon univers fantastique où des princes charmants délivraient leur princesse. Je ne crois plus trop aux princes charmants, ni aux princesses d'ailleurs. Quoique... en regardant mon prince endormi à mes côtés, je me dis que j'ai une chance folle. À notre époque où il est souvent plus facile de tout plaquer que de lutter, lui, il est toujours là pour moi, et moi, je suis toujours là pour lui, après toutes ces années. Tant d'amour me donne la larmichette.

Il faut que je retrouve ce calepin ! Je fouille dans l'un des sacs que nous n'avons jamais défaits depuis notre déménagement. Parmi des papiers administratifs jamais classés, des dessins des enfants, des remises de chèques, des babioles en tout genre, je le vois. Il est bleu. Lentement, je tourne la première page et découvre trois mots : « Épouse, mère et working girl ».

Je tourne la page et commence la lecture. La première phrase me choque : *« Écrire m'a pris comme une envie de pisser, la nuit. »* Eh ben, comment ai-je pu oser écrire une chose pareille ? Je continue de lire et les souvenirs de cette période me jaillissent à la figure. Un week-end avec ma copine Giulia, le stress au travail, le quotidien… Cela ressemble à mon journal intime.

Je bâille. Les yeux me piquent. Tiens, Morphée reviendrait-il ? Il est 4 h 56 et je peux encore sauver quelques heures de sommeil. Je me colle à mon chéri tout chaud. Avant de sombrer, j'ai le temps de marmonner : Je m'appelle Marie, j'ai bientôt trente-six ans, je suis mariée à un homme merveilleux, je suis une working girl et mon métier c'est d'être une maman pour l'éternité.

Épilogue.

Un an plus tard...

« Nous sommes tous réunis, ici présents, pour célébrer l'union de Nicolas Martin et de Carine Lilov », annonce l'adjoint au maire de la ville de Boulogne.

— Monsieur Nicolas Martin, souhaitez-vous prendre pour épouse Madame Carine Lilov, ici présente ?

— Oui ! dit-il, en la regardant amoureusement.

— Madame Carine Lilov, souhaitez-vous prendre pour époux Monsieur Nicolas Martin, ici présent ?

— Oh que oui ! dit-elle, émue aux larmes.

Des rires résonnent dans la salle des mariages.

— Au nom de la loi, je vous déclare unis par le mariage. Vous pouvez embrasser la mariée.

L'assistance applaudit. Au premier rang, Mathis, Stella et Alex vêtus en habit de cérémonie sautillent de joie. Mes yeux s'embuent et j'ai la goutte au nez mais mes bras sont pris. Sarah s'est endormie. Dans le landau, Lucie gazouille.

Un soir de novembre, deux adorables jumelles ont fait « toc-toc » avec un mois d'avance par rapport au terme prévu. Je pourrais presque dire qu'elles sont arrivées comme une lettre à la Poste. Elles ont déjà quatre mois. Chaque jour est un nouveau défi mais depuis leur arrivée, Sébastien a pris des dispositions pour ne plus travailler le week-end. Stella est une vraie petite maman, elle ne suce plus son pouce. Elle m'aide pour leur donner le biberon ; je tire mon lait et je pratique un allaitement mixte sans aucune culpabilité. Toute la maladresse de ses six ans s'est évanouie depuis la naissance de ses petites sœurs. Quant à mon petit Alex, dès qu'il a su qu'il serait un grand frère, il n'a plus voulu mettre de couche et a jeté sa collection de tétines à la poubelle. En quarante-huit heures, il est devenu propre jour et nuit. On peut dire que les aînés nous ont grandement facilité la tâche. En septembre dernier, avec mon ventre énorme et une immense fierté (et quelques larmes camouflées), je les ai accompagnés à l'école. Sébastien n'aurait manqué cela pour rien au monde. Alex a fait sa rentrée à la maternelle sans une seule larme. Quant à Stella, elle est au CP et à l'heure où je vous parle, elle sait presque lire. Malheureusement, nous ne pouvons plus épeler les gros mots. Elle capte tout.

La bipolarité ne m'a pas quittée durant toute la grossesse. On en rit beaucoup maintenant que c'est passé.

Les jumelles ne font pas encore leurs nuits mais j'arrive à me reposer par petites coupures. Je suis en forme, aussi parce qu'il me reste une tripotée de kilos que je compte bien reperdre dès que le sport me sera de nouveau autorisé. Lidia et Antoine m'aident beaucoup, comme à leur habitude. Les jumelles adorent déjà les pâtes. Je le sais car les tétées sont hyper rapides lorsque j'en mange et je retrouve avec surprise les petits pépins des tomates dans leurs selles. Quant à mes parents, la distance n'est plus un problème pour mon père et très régulièrement, il vient à l'improviste pour me donner un coup de main, pour l'entretien du jardin, tailler les haies, arroser les plantes... Nous avons revendu notre appartement, mais les acquéreurs nous y invitent régulièrement. Pour faire court, nous avons échangé notre appartement contre la maison de Carine, à quelques milliers d'euros près...

Nous avons également revendu nos deux voitures minuscules pour acheter une voiture à sept places mais Sébastien s'est juré d'acheter une *Porsche* rien que pour nous deux, disons... dans une vingtaine d'années. En attendant, il s'est mis au scooter pour écourter ses temps de trajet et nous retrouver plus vite. Il n'y a que les imbéciles qui ne changent pas d'avis.

Concernant le travail, j'ai grandement facilité la tâche à mon patron en mettant un terme à ma période d'essai. Je ne pouvais pas imaginer un seul instant lui faire miroiter un proche retour au travail. Malgré l'intérêt du poste, dès lors que j'ai su pour ma grossesse gémellaire, j'ai compris qu'être une working girl était fortement compromis. Pour mon remplacement, je lui ai fait une proposition indiscutable : Émilie prendrait ma place et Léa pourrait l'assister. L'idée l'a immédiatement séduit et aujourd'hui, le binôme fonctionne super bien. Sur ce coup, j'ai été une excellente directrice des ressources humaines. Nick a légèrement changé le nom de la société devenue « GTL Consulting » et les affaires continuent de croître. La plupart des salariés sont présents au mariage de Nick et de Carine.

Maryse, accrochée au bras de Pierre, raconte à ses ex-collègues les voyages qu'ils ont pu faire grâce à l'argent récolté lors de son pot de départ. Elle est radieuse, épanouie, bronzée et son « Richard Gere » la dévore des yeux sans retenue.

Monsieur Chen est également présent au mariage. Il est le chauffeur privé des mariés. Il vient de temps en temps prendre un café à la maison.

Pour vous donner des nouvelles des autres, Sandra et sa famille vont très bien. Mes neveux grandissent. Isabelle et Thomas ont décidé d'aller vivre en Province au grand désarroi d'Antoine et Lidia. Mais il y a eu pire. Marc et Célia sont sur le point de divorcer. C'est de cela qu'elle voulait me parler lors du « dimanche couscous ». Cela a été un coup dur pour toute la famille mais c'est leur choix et l'on ne peut rien y faire. S'il n'y a plus d'amour, à quoi bon ? Sèb a très mal pris la nouvelle et il a perdu dix kilos en quelques mois. Il est encore plus sexy qu'avant. D'ailleurs, je l'ai à l'œil car les minettes de « J'étais Elle » lui tournent autour. Pourvu qu'il échappe à la crise de la quarantaine. Je chasse la mouche.

Karoline est toujours sur son nuage. Avec Vincent, le professeur de judo de Nolan, ils ont acheté une maison et mis en route un bébé. Sabrina est folle de Nina et n'envisage pas d'avoir un autre enfant par peur de ne pas l'aimer autant qu'elle. Sophie revoit occasionnellement Choupinou, qui aurait quitté sa femme mais elle ne croit plus en leur histoire, elle l'utilise seulement en PC, plan « luc ».

Rocky est mort quelques semaines avant la naissance des filles. Cela nous a beaucoup attristés. Les enfants voulaient un chien. Bien entendu, nous avons refusé.

Vous l'avez compris, Carine et Nick, c'est une affaire qui a roulé dès le premier jour. Je suis témoin de leur mariage. J'ai préparé un petit discours dans lequel je compte bien dire que « Tout ça, c'est grâce à moi ! ». Il faut bien se lancer des fleurs de temps à autre. Pour me remercier de les avoir présentés, ils m'ont fait le plus beau des cadeaux : je suis la marraine de leur bébé. Carine a su garder la ligne mais sa robe parvient à peine à dissimuler son petit ventre arrondi. Il ou elle (ils ne veulent pas savoir le sexe) est prévu pour juillet.

Voilà, mon histoire se termine ici. Nos vies sont semées d'embûches mais il faut s'accrocher à ses rêves, même les plus fous.

Ah, j'oubliais… pendant ma grossesse, j'ai écrit mon premier roman. Le titre est *« Le jour où j'ai su… »* et il sera bientôt édité.

J'entends Sébastien qui hurle près du lac.

— Attendez ! Je veux une photo avec la femme de ma vie ! Marie, viens, refile la petite, je veux que le photographe nous prenne en photo rien que tous les deux.

— Tiens, Léa, prends soin d'elle s'il te plaît, dis-je en lui collant ma princesse dans les bras.

— Euh… mais je ne sais pas tenir un bébé ! dit-elle en l'attrapant comme elle peut.

— J'arrive, chéri ! dis-je en lui sautant dans les bras.

— Oh là, que tu es lourde, ma big dinde !

— Oui, moi aussi je t'aime, Sébastien.

— Allez, ouistiti !!!! crie le photographe.

« Maman, Papa, nous aussi ! » crient Alex et Stella en nous rejoignant.

— Une petite dernière tous les six, s'il vous plaît.

Je récupère Sarah et Sèb prend Lucie. Alex et Stella se tiennent sagement la main devant nous.

— Vous êtes une très belle famille ! Allez, tous ensemble, criez « Ouistitiiiiiiiiiii » !

« Ouistitiiiiiii ! »

FIN DE LA TRILOGIE

Et pour finir...

J'ai essayé de trouver une chanson pour exprimer ce que je ressens à cet instant. Et j'ai commencé à fredonner « Voilà, c'est fini... » de Téléphone, un groupe d'artistes que j'ai découvert avec mes amis du lycée qui gratouillaient leur guitare après les cours et dont j'étais complètement admirative, moi, qui ne gratouillais rien du tout. Alors, ça donne :

Voilà, c'est fini
On va pas s'dire au revoir comme sur le quai d'une gare
J'te dis seulement bonjour et fais gaffe à l'amour
Voilà, c'est fini
Aujourd'hui ou demain c'est l'moment ou jamais
Peut-être après-demain je te retrouverai
Mais c'est fini... hum, c'est fini

Cette trilogie est finie. Je mets ainsi un point final à une aventure qui commença le 30 janvier 2013 à 1 h du matin. Cette nuit-là, je voulais faire une chose spéciale pour changer ma vie. Alors deux ans plus tard, a-t-elle changé ?
Non, parce que contrairement à Marie, je n'ai jamais quitté mon travail. Vous y avez cru, hein ? N'est-ce pas ? Bon...
Par contre, pour bien d'autres aspects, oui, ma vie a carrément changé !
Oui, parce que je n'avais jamais passé autant de temps derrière un ordinateur, à écrire, taper frénétiquement sur les touches pour créer cette histoire.

Oui, parce que je n'avais jamais passé autant de temps à guetter l'arrivée de vos commentaires, à lire vos messages, attendre vos retours, interpréter vos impressions, vos réactions, vos sentiments…
Oui, parce que j'ai atteint mes objectifs fous.
Oui, parce que j'ai réalisé un rêve qui s'était perdu dans les abîmes de moi-même.
Oui, parce que j'ai écrit un livre par an alors que je suis une épouse, mère et working girl à temps complet.
Oui, parce que je n'ai plus envie d'arrêter d'écrire car cela me fait du bien et parce que quelque part, j'ai l'impression que ça vous fait du bien aussi.
Vous m'avez souvent remerciée pour ce que je partageais dans cette histoire. C'est à mon tour de vous remercier d'avoir été à mes côtés pendant tout ce temps.

C'est là que commencent les mercis. Préparez-vous à une grande liste et si jamais, vous ne vous trouvez pas dans l'un d'eux, alors n'hésitez pas à m'envoyer un petit mot…

Merci à Papa et à Maman, pour TOUT ! Vous êtes à l'origine de ce que je suis. Je vous aime trop !
Merci à ma famille en général. Vous êtes trop nombreux pour que je puisse tous vous citer. Nous avons traversé des moments difficiles, desquels nous ne sortirons pas indemnes, mais c'est la vie et il faut les accepter même si c'est douloureux. Je vous adore !
Merci à ma belle-famille, surtout à mes beaux-parents que j'aime, surtout parce que vous avez donné la vie à l'homme de ma vie, un vrai spécimen.

C'est là que je remercie Fred, mon cher et tendre époux qui n'a pas lu les tomes 2 & 3, bouhhhhh !!! Mais comme il ne lira pas ce passage, je suis tranquille. Merci pour tout, mon cœur. Je n'ai qu'un mot : MAOU.

À ma fille Carla, ma princesse que j'aime à la folie et à mon fils Adrian, ma fripouille des bois. Je veux que tu m'inondes éternellement de tes « T'es belle ; chui amoureux ; je t'aime ! » en boucle. Je ne prétends pas être une bonne mère, je doute souvent et j'ai peur de ne pas être à la hauteur. Je vous aime tellement mes amours, c'en est flippant !

Merci à ma belle-sœur Céline et à ma meilleure amie Élisa qui ont relu ce tome 3 pendant la création.

Merci à mon autre meilleure amie Anne-Sophie qui m'a autorisée à partager une tranche de sa vie. Je te souhaite de rester longtemps sur ton nuage avec ton amoureux, ton loulou et le bébé qui se prépare dans ton bidon.

Merci à Hélène, parce que tu es bien plus que ma sœur.

Merci à mes correctrices France et Marina. Je vous kiffe, les louloutes !

Merci à mon illustratrice Yolande. Mes romans ne seraient pas ce qu'ils sont sans tes superbes dessins que j'adore.

Merci à Nanou et à Bruno pour les photos.

Merci à toutes les amitiés virtuelles, je pense notamment à Sonia de So'Livres, Aurélie des Mamans Winneuses, Amélie de ma Bulle Lecture et sûrement d'autres qui m'échappent à cet instant, pardon.

Merci aux écrivains qui se sont rendus disponibles pour répondre à mes préoccupations, je pense à Sophie Henrionnet, à Aurélie Valognes, à Marie Vareille et à

Jacques et Jacqueline Vandroux. Lisez leur(s) livre(s) si ce n'est pas déjà fait !

Merci à mes 371 fans (avril 2015).

Merci aux auteurs des 101 commentaires (-7 ; les mauvais ne comptent pas) pour le Tome 1 et aux auteurs (parfois les mêmes) des 45 commentaires pour le tome 2. J'ai compté les étoiles par curiosité, cela fait 651 étoiles, une petite constellation. Waouh ! Merci !

À mes collègues et amis qui m'entourent et qui supportent mes frasques au quotidien, mes danses de fin du livre, mes joies et mes peines, les vraies. Je vous adore ! Mon quotidien au travail serait bien triste sans vous !

À Élisabeth… Oui, Élisabeth, l'épouse de François. C'est bien de toi qu'il s'agit ! Tu ne le sais pas mais le petit mot que tu m'as fait envoyer par François sur Facebook a conditionné le choix de Marie dans le tome 3. Eh bien, oui, tu y es pour quelque chose. J'espère que tu es satisfaite.

À toutes mes lectrices qui s'appellent Marie. Vous m'avez bouleversée avec vos mots gentils, vos commentaires élogieux et vos encouragements permanents. Je sais que vous vous reconnaîtrez.

À toutes celles et tous ceux qui ont dit à quelqu'un : « Je lis un roman, tu devrais le lire aussi ! » Vous êtes ma meilleure pub, ne vous arrêtez surtout pas !

À Gilles Legardinier, mon auteur préféré. J'aimerais vous toucher autant qu'il me touche. Je lisais *Demain, j'arrête !* quand j'ai décidé d'écrire.

Et maintenant, j'arrête ! Donc, à vous tous, mille mercis ! Je vous donne rendez-vous bientôt avec un autre roman.

En attendant, si vous avez aimé la trilogie *Épouse, mère*

et working girl, rien qu'un tout petit peu, n'hésitez pas à le crier sur tous les toits !

Et enfin, merci à AMAZON qui rend cette aventure possible. Et qui sait ? Peut-être qu'un jour un éditeur s'intéressera à moi. Alors foncez tout de suite sur AMAZON pour déposer votre commentaire et comme le dit la chanson : « Aujourd'hui ou demain c'est l'moment ou jamais. Peut-être, après-demain, je te retrouverai. Voilà, c'est fini ».

Kiss, Love, Flex ! (Ne cherchez pas, suis zinzin !)

Sonia DAGOTOOOOOOR

J'aimerais beaucoup avoir de vos nouvelles :
www.facebook.com/soniadagotor
sonia.dagotor@gmail.com
@SoniaDAGOTOR

Si vous les avez aimés, retrouvez toute la tribu de Marie dans une nouvelle spéciale Noël intitulée *C'est le pompon !*

Découvrez mes autres romans :

Un anniversaire au poil ! (Juillet 2016)
Plume francophone de bronze 2016. Version papier éditée par City Éditions en mai 2017.
Résumé : Julie, bientôt trente ans, se retrouve seule le soir de son anniversaire, avec pour compagnie une bouteille de vin bon marché et son téléphone portable. Elle n'a rien d'autre à faire que de consulter son répertoire de contacts et de se demander pourquoi ça n'a pas marché avec les hommes qui ont croisé son chemin. Arrive minuit une, l'heure exacte de sa naissance. Elle saisit un cupcake qui traîne dans son placard, plante une bougie dessus et fait le vœu de comprendre les hommes. Le lendemain, au réveil, c'est une drôle d'aventure qui l'attend...

Tout peut arriver ou presque (Octobre 2017)
Résumé : À l'issue d'un entretien d'embauche, Élisa erre dans la rue du Faubourg-Poissonnière, connue pour ses nombreux magasins de robes de mariée. Face à la robe de ses rêves, elle décide qu'elle n'attendra pas que son compagnon lui fasse sa demande. C'est elle qui la fera !
Alors qu'elle passe la soirée à imaginer ses noces, son futur mari rentre à l'aube, couvert de traces de rouge à lèvres.
Une dispute éclate et Élisa s'en va. C'est ainsi qu'elle s'embarque dans une aventure improvisée, dans laquelle tout peut arriver ou presque.

Sortez-moi de là ! (Juillet 2018)

Je me prénomme Madeleine. Je sais, c'est un prénom d'une autre époque et encore, vous ne savez pas tout ! Je viens de perdre ma mère avec qui je vivais dans notre maison en Auvergne. Ma mère a toujours décidé pour moi, mais rassurez-vous, je ne lui en veux pas. Même après sa mort, elle me commande encore. Sa dernière trouvaille, m'envoyer à Paris ! Pour une nana qui n'a jamais quitté son village natal, c'est une petite révolution. Mais je suis prête. Il était temps de me sortir de là. Je vous emmène avec moi ?